COLETTE

Unverkäufliche, unkorrigierte Leseprobe

Ca. 800 Seiten. Gebunden,
ca. DM 49,80 · € 24,90 · sFr 44,40 · öS 364,00
Wir bitten Sie, Rezensionen nicht vor dem
5. August 2001 zu veröffentlichen.
Wir danken für Ihr Verständnis.

Judith Thurman

COLETTE

ROMAN IHRES LEBENS

Aus dem Englischen von

Brigitte Flickinger

Berlin Verlag

Die Originalausgabe erschien 1999 unter dem Titel
Secrets of the Flesh – A Life of Colette
bei Alfred A. Knopf, New York

Umschlaggestaltung:
Nina Rothfos und Patrick Gabler, Hamburg
Gesetzt aus der Stempel Garamond und Engravers Gothic
durch psb, Berlin
Druck & Bindung: Friedrich Pustet, Regensburg
Printed in Germany 2001
ISBN 3-8270-0342-3

Für Charlotte (Arkie) Meisner

Wenn mein Körper denkt … hat meine ganze Haut eine Seele.

Colette, La Retraite sentimentale

INHALT

EINLEITUNG

Biografen glauben gemeinhin, es sei leicht, ein »Ungeheuer« zu sein. Tatsächlich ist das noch schwerer, als ein Heiliger zu sein.

Colette, LETTRES À SES PAIRS

Im März 1900 veröffentlichte ein einundvierzigjähriger Pariser Literat einen Roman, der vorgab, das Tagebuch einer in der Provinz lebenden sechzehnjährigen Schülerin namens Claudine zu sein. Henry Gauthier-Villars war vor allem als amüsanter Musikkritiker mit dezidiert eigener Meinung bekannt, der Wagner hoch gelobt und Satie beleidigt hatte. Mit Bauch und Zylinder war er für die Karikaturisten der Boulevardpresse ein beliebtes Motiv; und seine Duelle, Wortspiele und amourösen Abenteuer lieferten der Presse fast ebenso viele Geschichten, wie er selbst verfasste.

Wissenschaftliche Abhandlungen unterzeichnete Gauthier-Villars mit seinem eigenen Namen; für leichtere Werke benutzte er zahlreiche Pseudonyme. Er und seine Alter Egos – Willy, Jim Smiley, Boris Zichine, Henry Maugis und »die Platzanweiserin« – hatten eine beachtliche Bibliografie vorzuweisen, zu der bereits eine Sammlung von Sonetten gehörte, ein Konvolut von Aufsätzen über Fotografie, mehrere witzige Almanache, eine Monografie über Mark Twain und eine Reihe schlüpfriger Unterhaltungsromane. Es war kein allzu gut gehütetes Geheimnis, dass die meisten dieser Werke von anderer Hand überarbeitet, wenn nicht gänzlich von Ghostwritern geschrieben waren. In einer ironischen Verbeugung vor diesem Ruf behauptete Willy von einem neuen Manuskript, es sei, mit einem rosa Band umwunden, mit der Post gekommen – ein literarisches Pendant zum Töchterchen, das der Storch bringt.

Claudine à l'école (*Claudine erwacht*) war für ihn nicht die erste derartige Verkleidung als Autor und sicherlich nicht seine letzte, aber Claudine selbst war etwas Neues. Sie war der erste Teenager des Jahrhunderts: rebellisch, rotzfrech, verschlossen, erotisch, so leichtsinnig wie irritierend, mal fasziniert, dann wieder angeekelt von der Entdeckung, was es heißt, eine Frau zu werden. In seinem Vorwort zu diesem Buch nennt Willy sie ein »Naturkind«, eine »Tahitianerin vor der Ankunft der Missionare«, und er erweist ihrer »gewissermaßen unschuldig perversen Art« seine Ehrerbietung, auch wenn er sogleich »dieses Wort ›pervers‹« bedauert, das nicht zu dem besonderen Fall Claudine passe, »denn ich möchte gerade sagen: An diesem jungen Mädchen ist kein bewusster Fehl und kein Tadel zu finden; es ist gewissermaßen weniger unmoralisch als ›nicht moralisch‹.«

Der Roman schmachtete ein paar Monate in den Regalen, bis Willy seine einflussreichen Freunde zusammengetrommelt hatte, die pflichtschuldigst Rezensionen verfassten, in denen *Claudine erwacht* als ein Meisterwerk bejubelt wird. Bis zum Herbst waren etwa vierzigtausend Exemplare verkauft, und das Buch wurde – mitsamt seiner vier Nachfolger – einer der größten französischen Bestseller aller Zeiten. Alles in allem gab es fünf *Claudines*, zwei erfolgreiche Bühnenstücke und eine Reihe von Begleitprodukten, wie wir sie heute kennen, darunter Claudine-Zigaretten, Claudine-Parfüm, -Schokolade, -Kosmetik und -Kleidung. Der »Autor«, bis dahin eher berüchtigt, wurde selbst zu so etwas wie einem Markenzeichen. »Ich glaube, dass nur Gott und vielleicht Alfred Dreyfus so bekannt sind wie [Willy]«, sagte Sacha Guitry.

Der Mann, der für *Claudine erwacht* als »Autor« firmiert, ist heute bestenfalls als der »beklagenswerte« erste Ehemann jener Frau bekannt, die den Roman verfasste. Madame Henry Gauthier-Villars, geborene Sidonie-Gabrielle Colette, war damals eine athletische Schönheit von siebenundzwanzig Jahren, die man leicht für siebzehn halten konnte. Sie verbarg ihre Gefühle und ihr Talent, trug aber stolz ihren ländlichen Akzent und einen Zopf aus rostrotem Haar zur Schau, der ebenso lang wie sie groß war. Ihre Familie in Burgund nannte sie noch »Gabri«, in Paris aber lief sie unter dem nichtssagenden Namen Colette Willy. Schon lange vor ihrer Heirat hatte sie ihren Vornamen abgelehnt und darauf bestanden, dass ihre Schulkameraden – wilde Dorfkinder wie sie selbst und wie Claudine – einander beim Nachnamen riefen *comme les garçons*. Als sie zum zweiten Mal heiratete, wurde aus Colette Willy eine Colette de Jouvenel und schließlich triumphierend, synkretistisch einfach Colette.

Colette begann in ihren frühen Zwanzigern zu schreiben; sie hatte ein turbulentes Leben und arbeitete unermüdlich; mit zunehmendem Alter wuchsen ihre Kräfte. Im Laufe eines halben Jahrhunderts schrieb sie fast achtzig Bände Belletristik, Erinnerungen, Zeitungsartikel und Theaterstücke höchster Qualität. Ihre veröffentlichten Briefe füllen sieben Bände, obwohl mindestens drei wichtige Briefsammlungen bisher noch nicht ediert sind. Und ihre Kritiker und Biografen waren noch produktiver als sie selbst.

Nicht das Verdauen dieses üppigen Banketts stellte an mich als ihre Biografin die größte Anforderung. Colettes Freund Jean Cocteau pflegte zu sagen: »*Je suis un mensonge qui dit toujour la vérité*«: Ich bin eine Lüge, die immer die Wahrheit sagt. Dem fügte Colettes amerikanischer Herausgeber Robert Phelps hinzu: Sie ist eine Wahrheit, die immer lügt. Und ein französischer Kritiker drückte es etwas weitschweifiger aus: »Colettes Kunst ist die Kunst der Lüge. Aber das großartige Spiel, das sie mit uns spielt, besteht gerade darin, dass sie ihre besten Lügen mit grandiosen Funken von Wahrheit versieht. So besteht der Genuss, sie zu lesen, darin, mit spitzer Pinzette das Wahre aus dem Falschen herauszupicken.« Autobiografische Aufrichtigkeit sucht man in Colettes besten Werken vergeblich; sind sie doch ebenso irreführend, wie ihre vielgerühmte körperliche Unanständigkeit Legende ist. Colette besaß – in Dominique Aurys Worten – »ein glühendes Schamgefühl«. Es war ihr zuwider, bei anderen Mitgefühl zu wecken, so sträubte sie sich auch, gekannt zu werden.

Der englische Titel meines Buches, *Secrets of the Flesh* (*Geheimnisse des Fleisches*), stammt aus einem begeisterten Brief, den André Gide an Colette schrieb, nachdem er *Chéri* gelesen hatte: »Welch bewundernswertes Thema haben Sie aufgegriffen! und mit welcher Intelligenz, welcher Meisterschaft, welchem Verständnis für die uneingestandensten Geheimnisse des Fleisches!« Das hört sich im Französischen düsterer an – *des secrets les moins avoués de la chair* –, und ich sehe in diesem Kompliment weniger eine Anerkennung als einen Ausdruck für Gides Neid und sein Unbehagen.

»Geheimnisse des Fleisches« klingt recht zweideutig und das natürlich mit Absicht; es ist meine eigene ironische Verbeugung vor Colettes Ruf. Ihre Romane wurden vor den jungen Französinnen aus gutem Hause unter Verschluss gehalten und standen auf dem vatikanischen Index verbotener Bücher. Simone de Beauvoir musste beim ersten Mal Colette auf dem Trottoire vor einem Pariser Buchladen lesen. Die Kritiker nannten Colette gefühllos und pervers; sie warfen ihr vor, ihre Kunst »gründe allein auf den Sinnen«. Sogar Colettes Geliebte, die Marquise de Morny, eine lesbische Transvestitin und frühere Drogenabhängige, beklagte sich bei Willy: »Colette ist ein leichtsinniges Kind ohne viel Sinn für Moral.« Das Kind, das damals dreiunddreißig Jahre alt war, amüsierte sich darüber eher, als dass es sich verteidigt hätte. »Ich habe mich gewundert, die Worte *Sinn für Moral* in Missy's Handschrift zu sehen«, sagte sie zu Willy.

Einiges von der Herablassung, die die Welt – aus Abneigung gegen den Narzissmus, den sie beim Schauspieler wahrnimmt –

seinem Beruf entgegenbringt, hat auch Colette zu spüren bekommen, als sie als junge Frau auf der Varieté-Bühne stand, manchmal halb nackt, manchmal in Männerkleidung. Sie spielte eine Zigeunerin, einen Gigolo und eine Katze, einen Faun in einem zerrissenen ledernen Lendenschurz und eine ägyptische Mumie, die in einem mit Edelsteinen besetzten Büstenhalter von den Toten wieder aufersteht. Jedes Mal, wenn später für eine öffentliche Ehrung Colettes Name fiel, erhob ein Chor älterer Zeitgenossen vehement Einspruch.

Diese gefallene junge Colette in der Blüte ihrer Schönheit wirkte auf potenzielle Retter ebenso anziehend wie auf Libertins beiderlei Geschlechts. Der mönchische Dichter Francis Jammes erbot sich, für die reuelose Magdalena den Jesus zu spielen. Der priesterliche François Mauriac sollte ihr später ungefragt für ihre fleischlichen Sünden Absolution erteilen, indem er sich zu der Behauptung verstieg, »dieses heidnische und fleischliche Wesen führt uns unweigerlich zu Gott«. Wie das? Nun, indem sie mit Gestalten wie Léa und Chérie ein so trostloses Beispiel für einen Hedonismus vorführte, der durch keinerlei höhere spirituelle Ambitionen geläutert werde. Ich bin nicht sicher, ob tatsächlich viele Leser voller Abscheu von Colette zu Gott geflohen sind. Es könnte auch sein, dass eine erkleckliche Anzahl sich erleichtert von Ihm ab- und ihr zugewandt hat. Aber, was Colettes existenziellen Pessimismus angeht, hat Mauriac Recht: »Die Sinne [sind] unnachgiebige Herren, unwissend wie die Fürsten von einst, die nur das Unerlässliche lernten: heucheln, hassen und befehlen …«

Wie ihre Mutter Sido – die von sich behauptete, sie sei dreihundert Jahre zu früh geboren, weshalb die Welt sie nicht verstehen könne – war auch Colette ein Anachronismus innerhalb ihrer eigenen Generation. »O Bürgerlichkeit von 1880«, ruft sie fast sechzig Jahre später aus, »müßige junge Mädchen in klösterlicher Abgeschiedenheit … sanftmütiges Kleinvieh, von Männern regiert, unheilbare weibliche Einsamkeit, unwürdige Entsagung, die junge, heranwachsende Generation von 1937 betrachtet dich ungläubig.«

Was wir im Jahr 2001 ungläubig betrachten, ist Colettes Erfindung des modernen Teenagers, als sie 1895 begann, *Claudine erwacht* zu schreiben. Colette war kein sanftmütiges Lamm; zwar glaubte sie, von einem Mann beherrscht werden zu müssen, zugleich aber hasste sie ihre Abhängigkeit und Marginalität; Entsagung war ihr fremd und, wenn wir ihrer Freundin Natalie Barney glauben schenken dürfen, Einsamkeit ebenso.

Colette sollte später ihre Isolation im Paris des Fin de Siècle unter all den glänzenden Männern und Frauen, die sie durch ihren Mann kennen lernte, so beschreiben: »Ich war ungeschickt darin, mich ins rechte Licht zu rücken.« Der französische Ausdruck, *me faire valoir*, bedeutet wörtlich, »mich zur Geltung zu bringen«. Schreiben war die Art und Weise, wie sie sich Geltung zu verschaffen begann, zuerst in den Augen ihres Mannes, dann öffentlich und allmählich auch vor sich selbst. Damals legte sie ihre Feder erst nieder, wenn sie sie buchstäblich nicht mehr halten konnte. Ehemänner, Liebhaber und Liebhaberinnen kamen und gingen; die Mutterschaft war für sie bestenfalls eine vorübergehende Beschäftigung; sie war, wie sie sich ausdrückte, »eine richtige, harte Geschäftsfrau«, die nie den Luxus kannte, ihr Talent als ausreichende Belohnung zu betrachten, und die nie aufhörte, sich wegen ihrer Verträge zu streiten – ein Wirklichkeitssinn, der in einem Land, das seine großen Schriftsteller mit allen möglichen Ehren überhäuft (außer mit Geld), als »provinzielle Verschrobenheit« galt (und auch heute noch gilt).

Es ist leicht einzusehen, weshalb Colette sich den Kurtisanen, Schauspielerinnen und Künstlerinnen, mit denen sie in jungen Jahren Umgang pflegte, immer näher fühlte als den Blaustrümpfen, den Kämpferinnen für Frauenrechte oder den vornehmen und gebildeten Literatinnen, die von der Anerkennung lebten. Sie achtete jene ehrgeizigen Unternehmerinnen, deren Vorstellung vom absoluten Minimum nie in Virginia Woolfs fünfhundert im Jahr und *»a room of one's own«* bestand, sondern in fünfzigtausend und einer eigenen Villa mit ausgezeichnetem Koch, großem Garten und einem schönen Jüngling.

Die erfolgreichsten Schauspielerinnen und Kurtisanen kamen auch der Erfüllung einer Grundforderung der weiblichen Vorkämpfer am nächsten, nämlich ungebunden und dennoch sexuell erfüllt zu leben. Die meisten von ihnen waren bisexuell, hielten sich jüngere Liebhaber und waren alleinstehende Mütter. Wie Léa und Charlotte in *Chérie* verwalteten sie überaus sachkundig ihr hart verdientes Vermögen. Mit ihrer Karriere erhöhte sich ihr erotisches Ansehen eher, wie Simone de Beauvoir bemerkte, als dass es sich geschmälert hätte. Und darin lag ein großer Reiz für Colette, der es oft schwer fiel, eine »echte« Frau zu verkörpern, während sie sich in Wirklichkeit wie ein »geistiger Hermaphrodit« fühlte.

Die Feministinnen waren für sie weniger anziehend. Um 1900 besaß die Frauenrechtsbewegung in Frankreich bereits eine Tradition, eine Tageszeitung und eine bemerkenswerte Anhängerschaft. Aber die Mischung aus utopischem und puritanischem Denken, die für die feministische Theorie so kennzeichnend war – sowie die Anprangerung von Frauen, die sexuell mit ihren Unterdrückern »kollaborierten« –, schreckte viele Frauen, die durchaus für die Befreiung waren, davon ab, sich der Bewegung anzuschließen. In ihrer Jugend machte Colette aus ihrer Abneigung gegen den Feminismus keinen Hehl. Im Jahr 1910 wurde sie von einem Interviewer gefragt, ob sie Feministin sei. Da blickte sie ihn ungläubig an. »Ich, eine Feministin? Sie wollen mich wohl auf den Arm nehmen. [...] Die Suffragetten sind empört über mich. Und wenn manche Französinnen sich in den Kopf setzen, sie nachzuahmen, dann wird man ihnen hoffentlich klarmachen, dass solche Sitten in Frankreich nicht geduldet werden. Wissen Sie, was die Suffragetten verdienen? Die Peitsche und den Harem.«

Die Halbwelt und insbesondere die homosexuelle Halbwelt war die Bühne für Colettes eigene Widerstandsbewegung. »Wie dem auch sei«, schreibt der Historiker Alain Corbin, »die Päderasten des neunzehnten Jahrhunderts entwarfen als Erste das Modell einer hedonistischen [...] Sexualität« – einer von Monogamie und Zeugung befreiten Erotik. Cavafy nannte sie später »die Helden der Sinnlichkeit«, und das ist ein nützliches und schönes Epitheton für Colette. Für sie war wie für Epikur Hedonismus etwas viel Bedeutungsvolleres und sozusagen Ethischeres, nicht nur eine Gier nach Gefühlserregung. Im Hedonismus drückte sich aktiv eine Überzeugung aus, ein Credo ohne Gott, ohne Teufel und ohne ein Leben nach dem Tod, aber mit der Kraft, die jede wahre Überzeugung besitzt: zur Ekstase und zur Ehrerbietung gegenüber der Schöpfung zu inspirieren – und tröstend zu wirken.

Colette wuchs zur Frau und Schriftstellerin heran, als die Dreyfus-Affäre die Geschichte der französischen Jahrhundertwende beherrschte. Der Antisemitismus, die krankhafte Angst vor der Homosexualität und die Frauenfeindlichkeit dieser Epoche haben offenbar einiges gemeinsam. Der Jude, die »neue Frau« und der Homosexuelle waren für die öffentliche Fantasie, die von ihnen besessen war, gleichzeitig faszinierende und abstoßende Gestalten. Alle drei schienen die etablierte Ordnung auf dieselbe Weise zu gefährden, nämlich durch Vermischung. Im einen Fall drohten die alten festgelegten Kategorien der nationalen Identität zu zerbrechen, in den beiden anderen die Kategorien der Geschlechterzugehörigkeit, und zwar just in einem Augenblick, da alle Grenzen, innere wie äußere, überschritten wurden. Um 1900 nahmen die größten Geister des Jahrhunderts den cartesianischen Glauben an die Objektivität unter Beschuss. Dieser äußerst anarchische und fruchtbare Moment rief die Sorge um den Sinn und um die Integrität des Selbst hervor, mit der wir heute noch leben. Die Impressionisten hatten an der objektiven Wahrnehmung gezweifelt; jetzt bezweifelte Freud das objektive Bewusstsein, Proust die Wahrheit der Erinnerung und Einstein die Absolutheit von Materie und Energie, Zeit und Raum.

Das Subversive an Colettes ersten Romanen ist, dass sie unterstellen, auch Geschlecht sei etwas Subjektives. Sie nahm instinktiv wahr, dass Kinder beiderlei Geschlechts Wünsche haben, die viel zu streng als männliche oder weibliche klassifiziert werden: das Bedürfnis, etwas zu durchdringen, zu verzehren und zu besitzen; das Bedürfnis, umhegt, beherrscht und gehalten zu werden. Die literarische Gestalt der Claudine übt als eine der Ersten Kritik an einer Gesellschaft, die zu viel Anpassung verlangt, die das Privileg, etwas zu tun oder etwas mit sich machen zu lassen, viel zu ausschließlich dem einen beziehungsweise dem anderen Geschlecht zuschreibt. Die misshandelten jungen Mädchen, Kindfrauen, weibischen Männer, verlorenen Knaben, die Perversen und die Darsteller des jeweils anderen Geschlechts, die Colette beschreibt, müssen ihre verbotenen Züge – ihre unreinen, aber wahren Gefühle – verneinen oder verleugnen, und sie erleben eine Spaltung, die unheilbar zu sein scheint.

Colettes große Abhandlung über die Geschlechter heißt *Le Pur et l'impur*. Darin geht sie den verbotenen Wünschen nach, die in den Untergrund gedrängt werden, um dann als Perversionen wieder an die Oberfläche zu treten. Und sie verfolgt die Suche des einen fragmentierten Selbst nach einem anderen symmetrisch fragmentierten Selbst, das das eigene vervollständigen könnte. »Ich wüsste gern deine Meinung zu dem, was ich jetzt über die Eingeschlechtlichen schreibe«, fragt sie eine Freundin, als sie das Buch halb fertig hat. »Man könnte das Kapitel folgendermaßen abhandeln: Die Eingeschlechtlichen. Einziges Kapitel. Es gibt keine Eingeschlechtlichen.« Geschlecht ist etwas Unreines.

Rein und unrein ist für Colette, was für mein früheres Thema, *Isak Dinesen* (Tania Blixen), Kierkegaards *Entweder/Oder* war:

die persönliche und kulturelle Kampflinie. Eine Dialektik ist für den Biografen ein nützliches Gerüst, doch ist sie dazu da, überwunden zu werden. Eine in sich stimmige Persönlichkeit strebt wie ein Kunstwerk danach, ihre Konflikte unter Kontrolle zu bringen, ohne sie dogmatisch aufzulösen. Die Lösung des Schriftstellers besteht darin, für sie eine Erzählstruktur zu finden, und oft beginnt der Prozess, wie etwa bei Proust, mit der irrtümlichen Vorstellung oder Erinnerung, es gebe im Leben zwei auseinanderlaufende Wege, die Weisheit und Zeit wieder zusammenführen.

Das Ideal der Reinheit ist für Colette ein paradiesischer Zustand der Harmonie, den frei lebende Tiere, Flora, Raubvögel und bestimmte Soziopathen genießen, gewöhnliche Menschen hingegen nur als Föten besitzen. Rein zu sein heißt, nicht von bewussten Fesseln wie Bedürfnissen oder Abhängigkeiten oder vom Kampf zwischen männlichen und weiblichen Trieben behindert zu werden. Da Colette glaubt, dass es in der Welt der Gefallenen keine wirkliche Androgynie gibt, kann es auch keine Ganzheit und für eine Frau, ohne dass sie erotisch zu viel opfert, keine Autonomie geben – letztere sei ein männliches Privileg. Wie kann »ich meiner wahren Hoffnung frönen?« fragt sie sich. »Alles ist gegen mich. Das erste Hindernis, über das ich stolpere, ist dieser Frauenkörper, der mir den Weg versperrt, ein sinnlicher Körper mit geschlossenen Augen, freiwillig blind, entspannt, eher bereit umzukommen, als den Ort seiner Freuden zu verlassen … Diese Frau, dieses von Lust verzehrte Tier bin ich.«

Colettes »wahre Hoffnung« war revolutionär. Ob sie nun Nietzsche gelesen hat oder nicht – auf jeden Fall hat sie seine Ermahnung verinnerlicht: »Werde du selbst!« Aber wie konnte man um 1900 ein Individuum – man selbst – und zugleich eine *Frau* werden? Das ist die Kernfrage all ihres Schreibens.

Im mittleren Alter – in der Menopause, um es genau zu sagen – sollte Colette ihr Verständnis von Reinheit, von Ganzheit gewissermaßen, auf die kraftvolle, heidnische Mutter Erde übertragen, der sie den Namen ihrer eigenen Mutter gibt. Diese Sido (nicht zu verwechseln mit der wirklichen Madame Sidonie Colette) ist vollständig, heftig, kämpferisch, lebensfroh und ausgesprochen souverän in ihrem selbstgewählten weiblichen Reich, und sie verachtet die Frivolität und Knechtschaft der Liebe. Sidos mühelose Keuschheit hat in Colettes Beschreibung nichts von der Entsagung einer Nonne oder Jungfrau. Sido ist Persönlichkeit und Frau in einem.

Glückliche Kindheiten sind in Biografien ebenso selten wie in der schönen Literatur. Colette erhebt den Anspruch, eine solche gehabt zu haben, und bemerkt trocken, das sei eine schlechte Vorbereitung auf menschliche Beziehungen gewesen. Bevor Colette Willy kennen lernte, habe ihr Leben »einzig aus Rosen« bestanden. In *Mes apprentissages* (*Meine Lehrjahre*) vergleicht sie ihre Ehe mit dem Fallbeil des Henkers: es habe sie von der Idylle ihrer Mädchenzeit abgeschnitten. »Es fiel mir schwer zu akzeptieren, dass es einen so großen Unterschied zwischen einem Jungmädchendasein und dem Dasein als Frau gab, zwischen dem Landleben und dem Leben in Paris, zwischen dem Glück – zumindest der Illusion von Glück – und seinem Fehlen, zwischen der Liebe und dem mühseligen, erschöpfenden sexuellen Zeitvertreib.«

Colettes Berichte über ihr früheres Glück sind für einen Biografen wichtige, aber fragwürdige Dokumente. Sie stehen im Widerspruch zu dem, was wir aus anderen Quellen, auch aus ihren Romanen wissen; und sie widersprechen beziehungsweise unterlaufen einander wie der eben zitierte Satz. In einem Aufsatz von Dominique Aury, die außerdem eines der bewegendsten und wahrhaftigsten Bücher über die Geheimnisse des Fleisches einer Frau – *Die Geschichte der O* – geschrieben hat, fand ich einen Abschnitt, der uns einen Weg zum Verständnis der Paradoxien in Colettes Darstellung ihrer entscheidenden Jahre weist. Aury spricht über Longos und seine Version von Daphnis und Chloë – einer für Colette bedeutsamen Geschichte:

> Zwei schöne verliebte Jugendliche, für immer jugendlich, für immer verliebt – gibt es etwas Königlicheres, ob sie nun in Erzählungen, Balladen oder Fabeln, in Fresken oder Tapisserien oder sogar auf Tapeten leben? Dass der Gipfel der Kunstfertigkeit zur Unbefangenheit führen sollte [...], ist weniger ein Beweis für wahre Unbefangenheit oder Konvention als für ein eigenartiges und dunkles Vertrauen des Menschen in den Menschen und des Menschen in die Welt, für ein Vertrauen ohne Dogmen, Zeit und Ort, das selbst die schlimmsten Verleugnungen der Barbarei oder der Zivilisation nie ganz aus seinem Herzen ausrotten konnten. Nichts, ganz und gar nichts, nicht einmal die Erfahrung, wird die Hoffnung verhindern, dass dort das Geheimnis des Glücks liegt.

Das Geheimnis des Glücks, da ist es in all seiner Unschuld. Aury hat gewagt, es auszusprechen, wie sie auch wagt, hinter der Maske von Pauline Réage zu bekennen, dass auf der Suche nach diesem Geheimnis ein gewisser Frauentypus – Aury ist wie Colette hauptsächlich, wenn nicht ausschließlich, an einem bestimmten Frauentypus, der maskierten, beharrlichen Frau, interessiert – vor nichts Halt macht: vor keinem Tabu, keinem Opfer, keiner Konvention, keiner Hemmschwelle der Anständigkeit. Doch Menschen, die wissen, wo das Geheimnis des Glücks zu finden ist, werden in der Regel keine Schriftsteller. Am extremsten formuliert Aury den Gemeinplatz über die Erfahrung des Schriftstellers, wenn sie über Marcel Proust schreibt: »Er hat nicht viel gehabt in seinem Leben: ein Leben für ein Leben, das fantastischste aller Tauschgeschäfte.«

»Von einem Menschen Glück zu empfangen –«, sinnt Colette in *Le Pur et l'impur*, »ich muss dieses Wort gebrauchen, das ich nicht verstehe – heißt das nicht, die Sauce auszusuchen, mit der wir verspeist werden wollen?« Doch kann sie ihren Hunger danach nie stillen, so wenig wie nach dem Thema der jugendlichen Liebe – der Geschichte von Daphnis und Chloë, die manchmal zwei Teenager sind, doch häufiger eine alternde Frau und ein junger Mann, ein mittelälterlicher Filou und ein Mädchen, Mutter und Kind, ein Metzgersjunge und eine alte Königin, ein verwöhnter Ehemann und seine Katze. Das ist nie, in keiner Variante eine Parodie. Ganz gleich, wie alt sie wirklich sind, befinden sich Colettes Liebende auf der vergeblichen Suche Jugendlicher nach der Vereinigung, nach dem Glück, das sie in der klassischen Form der Liebesbeziehung gegen eine habgierige Welt wappnet; in Colettes modernen Spielarten des Themas wappnet es sie jedoch gegen die Habgier und Zurückhaltung untereinander.

Colette war damit einverstanden, wenn Willy sie in Anführungszeichen als »Naturkind« bezeichnete. Das tat im Großen und Ganzen auch die literarische Welt Frankreichs, ohne die Anführungszeichen. »*Colette, notre plus grand écrivain naturel*«, nennt Montherland sie – unsere größte natürliche Schriftstellerin. Doch Vorsicht, wenn Franzosen etwas als natürlich bewundern. Es berührt ihre größte Angst: lächerlich zu erscheinen. Colettes Vitalität war ein wenig zu trotzig; ihre Rede, wie sie selbst sagt, zu »brutal und vertraulich«, und ihre Romane für den Geschmack der Mandarine zu populär. Sie verlor nie ihren burgundischen Akzent. Sie wurde dick, und es machte ihr nichts aus. Sie schrieb eine Kolumne für Ratsuchende in einer Frauenzeitschrift. Sie gehörte zu den ersten Autoren, die über die Pathologie der Anorexie und über die Wehmut des vorgetäuschten Orgasmus nachdachte. Mit sechzig Jahren eröffnete sie einen Schönheitssalon, verkaufte mit ihrem Namenszug versehene Artikel in Läden auf dem Land und machte im Laborkittel Schminkvorschläge. (Natalie Barney behauptete, ihre Kunden sahen nach der Behandlung doppelt so alt aus wie vorher.) Doch dieses Bild sollte man sich merken: Wie weibliche Wissenschaft, vorgeblich wohlwollend, an der weiblichen Natur herumdoktert – Colette, die Sachverständige.

Das »Naturkind« gab sich alle Mühe, um sich eine unschriftstellerische Vergangenheit zuzulegen. »Berufung, Wunderzeichen, kindliche Poesie, Prädestination? ... Nichts davon finde ich in meiner Erinnerung. [...] In meiner Jugend habe ich nie, *nie* den Wunsch gehegt zu schreiben. [...] Und ich habe zwischen meinem zwölften und fünfzehnten Jahr nie gute Aufsatznoten gehabt! Denn ich spürte, jeden Tag mehr, dass ich dazu geschaffen war, eben gerade nicht zu schreiben.«

Dieser vehemente Protest einer der größten Prosastilistinnen Frankreichs ist äußerst bedeutsam, denn damit sichert sie sich ein Anrecht auf das, was Willy »Claudines besonderen Fall« nennt. Colette möchte uns glauben machen, dass sie, wie sehr sie auch Bücher verschlungen haben mochte, deshalb doch kein Stubenhocker gewesen sei. Kinder, die auf Bücher versessen sind, das ist wahr, lesen mit einer Gier, die Colette sich für ihre fleischlichen Genüsse aufsparte. Allgemeine Ideen seien, so sagte sie gern, wie baumelnde Ohrringe: sie stünden ihr nicht. »Ich bin der Politik nicht würdig«, sagte sie einem Interviewer nach dem Zweiten Weltkrieg, als er feststellte: »In Ihren Romanen sind wir noch keinem Helden begegnet, der sich um etwas anderes gekümmert hätte als um sich selbst.« »Ein ›Naturkind‹, wie ich es bin«, behauptet sie an anderer Stelle, lässt sich von »Willkür treiben, ist der Leidenschaft mehr zugeneigt als dem Guten und zieht die Schlacht der Diskussion vor«.

Die Fähigkeit, aus der eigenen Erfahrung allgemeine Schlüsse zu ziehen, ist die Grundlage für Bewusstsein. Aber für Colette ist Bewusstsein, was für Flaubert das Leben *dans le vrai* war – eine gefährliche Ablenkung und eine Wahl zwischen zwei sich ausschließenden Engagements: sich dem eigenen Selbst und Schicksal zu widmen oder dem Leben anderer und ihren Sorgen und Lasten.

»Es gibt nur einen Menschen auf der Welt, auf den du zählen kannst, das bist du selbst«, sagte Sido zu Colette, als diese sich von Willy scheiden ließ, und Colette nahm sich diesen Rat zu Herzen. Ihr Egoismus, den sie »die Unschuld des Ungeheuers« nennt und der für sie – wie der Panzer für die Schildkröte – zugleich Rüstung, Gefieder, Tarnung und Zuflucht ist, macht es nicht leicht, an sie heranzukommen. Doch ist er wie alle Häresie unwiderstehlich, umso mehr vielleicht für Frauen von heute, die zwischen ihren eigenen widerstreitenden Neigungen hin- und hergerissen sind.

Das Thema Liebe war, wie Colette es ausdrückt, »das Brot meines Lebens und meiner Feder«. Aber ihre Erfahrungen mit der Liebe weckten bei ihr tiefstes Misstrauen, und das ist vielleicht der Grund, weshalb die Männer in ihren Werken häufig schwach oder sehr jung oder, außer in der Liebe, verachtenswert sind. Ein Mann, der es wirklich wert wäre, geliebt zu werden, wäre eine Einladung zur ewigen Verdammnis, und sie will sich nicht selbst Versuchungen in den Weg legen, nicht einmal in fiktiver Gestalt. Die Mutterliebe war für Colette eine gefährlichere und regressivere Versuchung als die romantische Liebe. Ein Kind, sie selbst eingeschlossen, war für sie ein »fröhlicher, kleiner Vampir, der ahnungslos das Herz der Mutter aussaugt«. Damit soll ihre Geschichte beginnen.

ERSTER TEIL

1. KAPITEL

Balzac hat alles erfunden.
Colette, L'ÉTOILE VESPER

I

Mitte des vorigen Jahrhunderts war das Dorf Saint-Sauveur-en-Puisaye trotz seiner Nähe zu Paris ein rückständiges bäuerliches Nest; drei Zugstunden bis zur nächstliegenden Bahnstation und dann noch ein holpriges Stück Wegs mit dem Wagen. Die Puisaye wurde das »arme Burgund« genannt, um es vom reichen Burgund der großen Weinberge zu unterscheiden. Die Landschaft war übersät mit Tümpeln, in denen die Malaria brütete und die nach Disteln und Sumpfminze rochen. In den Schluchten, wo die Walderdbeeren und Maiglöckchen von unbarmherzigen Brombeeren bewacht wurden, wuchs dichtes Gestrüpp. Jagdwild gab es im Überfluss in den Wäldern. Colette liebte den Geruch der uralten Kiefern. Die weichen Pfade, die sie beim Pilzesammeln oder Jagen von Schmetterlingen mit ihren Brüdern entlanglief, waren mit einem Teppich aus fliederfarbenem Heidekraut bedeckt. Es war eine geheimnisvolle Gegend der Inzucht mit zwanglosen Moralvorstellungen, harten Wintern, Wilderei und armen Bauernhöfen. Sich als Amme zu verdingen war noch Ende des Jahrhunderts für Bauersfrauen ein lukrativer Nebenerwerb.

Saint-Sauveur gehörte früher einmal als Lehngut den Grafen von Auxerre. Es liegt auf einem Hügel und seine Häuser, schreibt Colette, »stürzen den Hang hinab ins Tal«. Auf seinem Gipfel stehen zwei vornehme Gebäude: ein Château aus dem Mittelalter, das während der Regierungszeiten Ludwig XV. und Ludwig XVI. wieder aufgebaut wurde, und ein Sarazenenturm aus dem zwölften Jahrhundert. Die Straßen sind eng und steil. In Colettes Jugendzeit waren sie ungepflastert und nach heftigen Regenfällen überschwemmt. Mauern aus rotem Sandstein umgeben die Gärten der meist zweistöckigen Häuser mit ihren ockerfarbenen und grauen Fassaden und rostfarbenen Gittern an den Fenstern. Die herbstlichen Farben der Erde und der Architektur verleihen dem Dorf sogar im Sommer den Anschein von Niedergang und Verfall. »Er ist nicht sehr schön«, gab Colette zu, die behauptete, sie bewundere ihren Geburtsort, den sie zur gleichen Zeit als »blamabel, knausrig und beklemmend« beschrieb. Nachdem sie ihn verlassen hatte, kehrte sie nie wieder dorthin zurück, außer wenn sie dort etwas zu erledigen hatte oder für einen Roman ihre Erinnerung auffrischen wollte.

Doch Saint-Sauveur besaß schon lange vor Colette einen Chronisten. Er hieß Crançon und war im letzten Jahrzehnt des Zweiten Kaiserreiches Justizbeamter im Ort gewesen. Man stelle ihn sich als einen überheblichen kleinen Mann im Gehrock und mit Pincenez vor, gelangweilt und verbittert, einer, der sich auf seine Redlichkeit etwas einbildet. Es gehörte zu seinen Aufgaben, seinem Vorgesetzten, dem kaiserlichen Staatsanwalt von Auxerre, über jene Skandale im Dorf Meldung zu machen, die er des Interesses für wert erachtete. Seine Berichte in Balzacscher Komik sind eine wunderbare Lektüre. Sie konzentrieren sich natürlich auf die Persönlichkeiten des Dorfes und auf eine ganz besonders: einen schwierigen Junggesellen namens Jules Robineau-Duclos.

Colette beschreibt Jules Robineau-Duclos – Sidos ersten Ehemann – als eine beeindruckende Gestalt auf einem edlen Pferd, finster und hager, höflich, aber unnahbar, ein Don Juan bei den Serviererinnen. Unter den Dorfbewohnern kannte man ihn als

»den Wilden«. Doch der eigentliche Spitzname dieses reizenden burgundischen Heathcliff war »der Affe«. Es sind keine Bilder von ihm erhalten geblieben, aber Crançon meint, er habe wie ein »Ungeheuer« ausgesehen. Er litt an einer merkwürdigen Missbildung – ihm waren in einer zweiten Reihe vierzehn zusätzliche Zähne gewachsen – und als er sechzehn Jahre alt war, unterzog er sich der Tortur, sie alle in einer einzigen Sitzung ziehen zu lassen. Das war im Jahr 1829. Außer Alkohol gab es damals kein Betäubungsmittel.

Jules Robineau und seine jüngere Schwester Louise waren Erben eines stattlichen Vermögens, bestehend aus Ackerland, Wäldern, Weinbergen und dörflichen Anwesen. 1836 starb ihre Mutter in einer Irrenanstalt, den Vater verloren sie noch im selben Jahr. Seinem Testament zufolge wurde das sechzehnjährige Mädchen Mündel eines Cousins, Monsieur Givry – eine Vorkehrung, die, wie ihr Bruder andeutet, bereits für die Zweiundzwanzigjährige spürbar wenig Sicherheit bot. Prompt verheiratete Givry Louise mit seinem eigenen Sohn. Sollte der Bräutigam irgendwelche Bedenken gehegt haben, bei seiner Frau könnte eine Anlage zum Irrsinn im Blut liegen, dann wurden sie durch die Mitgift zerstreut.

Der gepeinigte Bruder lebte ein einsames, zügelloses und chaotisches Leben. »Er lehnte es ab zu heiraten«, schreibt Crançon, »und nahm sich eine Mätresse, die mit unter seinem Dach wohnte und ganz und gar nicht arm war.« Damit wird Crançon ihm wohl nicht ganz gerecht: Gewiss hätte ihn kein Mädchen aus der Gegend, das ihm im Rang ebenbürtig gewesen wäre, haben wollen. Seine bäuerliche Geliebte, Marie Miton, führte ihm den Haushalt, ertrug seine Gewalttätigkeit und gebar ihm 1843 einen Sohn. Für all das versprach er ihr in seinem Vermächtnis zehntausend Francs. Als Robineau Sido heiratete, fand er für Marie einen Ehemann, der vierzehn Jahre jünger war als sie; Colette kannte diesen »alten Cèbe« als verwitweten Nachbarn, mit dem ihre Mutter Rosenstecklinge austauschte.

Die Jahrzehnte verstrichen langsam, wie das in der Provinz so ist. »Die Leidenschaft für den Alkohol«, fährt Crançon fort, »verzehrte Monsieur Robineau immer mehr, bis er völlig betäubt war. Er ging nicht mehr zu Bett. Von morgens bis abends saß er dumpf am Tisch, vor sich eine Flasche Aquavit, die, kaum war sie geleert, auch schon wieder neu gefüllt wurde.« Die »romantische Blässe«, die Colette dem »Wilden« zuschreibt, war ein Symptom dieser schlaflosen Alkoholgelage. Er verbarrikadierte sein Haus gegen imaginäre afrikanische Söldner, schoss aufs Geratewohl auf seine Diener und drohte, eine seiner Mägde in kleine Stücke zu hacken als Köder für die Flusskrebse.

Die Givrys warteten ungeduldig darauf, dass Robineau endlich stürbe, während er selbst alles tat, diesem Wunsch entgegenzukommen; in den späten 1850er Jahren schien »sein Tod bevorzustehen. Es galt, vielleicht noch ein, zwei Monate zu warten. … Doch sein Schwager, Monsieur Givry, brachte so viel Geduld nicht mehr auf.« Im Namen seiner Frau strengte er einen Prozess an, um Robineau für geisteskrank zu erklären.

Es gab zwei Anhörungen über dessen Zustand, was für ein Dorf, das nach Colettes Worten »das ganze Jahr über friedlich und ereignislos dahinvegetiert und sich mit läppischen Klatschgeschichten zufrieden geben muss«, außerordentlich spannend gewesen sein musste. Die Diener bezeugten die Gewalttätigkeit ihres Herrn. Aber Robineau fehlte es nicht an Leuten, die ihm wohlgesonnen waren, einschließlich seiner »Konkubine« natürlich, deren Erbe auf dem Spiel stand, wenn der Richter zu Gunsten der Givrys entscheiden würde. Außerdem gab es, das war noch wichtiger, eine andersdenkende Fraktion in der Familie Robineau, die »voller Freude auf eine Gelegenheit wartete, Monsieur Givry, den sie nicht leiden konnte, einen Strich durch die Rechnung zu machen.«

Diese einflussreichen Verwandten »sammelten alle Kräfte, um Monsieur Robineau aus seiner Lethargie wachzurütteln, damit er vor Gericht einen guten Eindruck mache … Wohl bewacht und unter Alkoholentzug erholte [er] sich körperlich und moralisch ein wenig.« Der Richter kam zu dem Schluss, dass die Givrys ihre Eingabe in böser Absicht gemacht hatten und entschied zu Gunsten des Angeklagten, bemerkte aber, dass dieser »vorzeitig gealtert« wirke.

Damit hätte die Geschichte zu Ende sein können. Doch die Verteidiger von Robineau »wussten sehr gut, dass er, wenn er sich selbst überlassen bliebe, wieder in die alte Trunkenheit verfallen und Monsieur Givry dann die Hand auf die Erbschaft legen würde. […] Sie beschlossen daher […] Robineau zu verheiraten. Es stimmt, dass er schon alt [zweiundvierzig] und hässlich war, dass er stotterte und mehr oder weniger an Schwachsinn litt, aber er war reich, das machte einiges wett.«

Nun geschah es »zufällig«, dass eine ehrenwerte junge Dame, die ihre Kindheit im Nachbardorf Mézilles verbracht hatte, »deren Familie in Belgien lebte und die, glaube ich, nicht immer ihre Ausgaben bestreiten konnte« (Crançon), zurückgekehrt war, um ihre bäuerliche Amme, Madame Guille, zu besuchen. Colette zufolge befand Sido sich auf einem Spaziergang und Robineau inspizierte, rittlings auf seinem kirschroten Pferd, gerade seine Ländereien, als sich ihre Wege kreuzten. »Der schwarze Bart des Vorüberreitenden … seine vornehme vampirhafte Blässe missfielen der jungen Frau nicht.« Wie Crançon berichtet, verwickelte jedoch einer der Anti-Givry-Verschwörer Sido in ein Gespräch, das zu einer »Inspektion« führte, woraufhin ein Heiratsantrag erfolgte, mit dem wiederum all die langwierigen Feilschereien verbunden waren, die in dieser Zeit den Kern aller Verlobungen der Mittelschicht ausmachten. Robineau ging unterdessen zu einem anderen Schießvergnügen über und hätte wohl seine Diener ins Jenseits befördert, wären seine Ziele nicht so wechselhaft gewesen. Der Polizeipräsident konfiszierte seine Schusswaffen. Diese Peinlichkeit verzögerte seine Heiratspläne nicht.

»Nachdem Sidos Brüder acht Tage lang über die Punkte des Heiratsvertrages verhandelt hatten«, schließt Crançon, seien Adèle-Eugénie-Sidonie Landoy und Jules Robineau-Duclos am 17. Januar 1857 im Rathaus von Schaerbeck, einem Vorort von Brüssel, getraut worden. In derselben Woche stand Gustave Flaubert vor Gericht, der Obszönität angeklagt, weil er es bei seiner *Madame Bovary* versäumt hatte, den Ehebruch zu verurteilen.

2

Sido war am 12. August 1835 in Paris zur Welt gekommen. Sie hatte ihre Mutter, eine geborene Sophie Chatenay, nie kennen gelernt, denn diese starb zwei Monate nach ihrer Geburt am Kindbettfieber. Ihr Vater hörte sich in der Puisaye um und fand Madame Guille. »Hätte ich [sie] wachgehalten«, erzählte Sido Colette, »hätte sie den [Halleyschen] Kometen sehen können.« Das ist Sidos einzige überlieferte Erwähnung der Frau, die sie großzog, obwohl Sido der Amme wahrscheinlich ihre enzyklopädischen Kenntnisse über die ländliche Hauswirtschaft und die Gartenarbeit verdankte und vielleicht auch manches von der Heftigkeit ihres Charakters. Sidos physische und psychische Zähigkeit war gewiss keine bürgerliche Eigenschaft. Aber als *orpheline de mère* – wie viele von Colettes Heldinnen – konnte Sido jene wohlhabenden Pariserinnen nie verstehen, die ihre Säuglinge manchmal jahrelang einer Amme auf dem Land überließen. »Kinder sind ein Leben lang die Freude ihrer Eltern«, belehrte sie Colette, obwohl ihre eigene Kindheit dagegen sprach. »Ich selbst habe meinem Vater nur Kummer bereitet, denn meine Mutter hat meine Geburt mit dem Leben bezahlt, und ich erinnerte ihn allzu lebhaft daran.« Später erzählte man sich in der Gegend, als kleines Mädchen habe »Madame Colette nicht gewusst, dass sie eine Familie besaß … Im Dorf glaubte man, ihre Angehörigen hätten sie verlassen.«

Sidos Vater, Henry Landoy, war der erste treulose und lasterhafte Mann in ihrem Leben wie auch im Leben ihrer Tochter. Er war »hässlich, aber gut gewachsen!« erzählte Sido Colette, »er hatte einen trüben, verächtlichen Blick, eine lange Nase über den dicken Negerlippen, die ihm seinen Spitznamen eingetragen hatten«: der Gorilla. Gegen Ende ihres Lebens beschreibt Colette die Vorfahren ihrer Mutter beiläufig als »Kakaopflücker« aus den Kolonien und »vom Blut der Kolonien gefärbt«, mit krausem Haar und mauvefarbenen Fingernägeln. In einem frühen Brief an Francis Jammes war sie etwas mitteilsamer, dort nennt sie Henry Landoy einen »Viertelneger«: »Meine Vorfahren kamen wie Ihre vor langer Zeit von einer warmen Insel, nur dass meine dunkler gewesen sein müssen ... Zu Hause wurde nichts aufbewahrt, weder Papiere noch Erinnerungsstücke, einzig eine Daguerreotypie von Mutters Vater, eine Art lebkuchenfarbenem Gorilla, der Kakao verkaufte. Da haben Sie's. Ich habe ein paar Tropfen schwarzes Blut in mir. Ekelt Sie das?«

Das Kirchenregister gibt keine plausible Erklärung für die »Tropfen schwarzen Blutes« bei den Landoys. Aber Claude Francis und Fernande Gontier behaupten in ihrer Colette-Biografie von 1997, dass die Berichte fehlerhaft, vielleicht sogar betrügerisch seien. Ihren jüngsten Nachforschungen zufolge stammte die Familie ursprünglich aus der Champagne, dort bestand sie aus gebildeten, aber bescheidenen, zum Protestantismus übergetretenen Bauern. Im siebzehnten Jahrhundert wurden in ihrer Provinz Häretiker besonders streng verfolgt, so dass einige Landois – so schrieben sie sich ursprünglich – wie viele ihrer Glaubensgenossen ihre Zuflucht in Martinique suchten; sie brachten es im Gewürzhandel zu Wohlstand und schafften sich Sklaven an. Ihre Kinder waren Mischlinge kreolischer und afrikanischer Abstammung, und manche dieser farbigen Söhne wurden nach Frankreich zurückgeschickt, damit sie eine Lehre als Kolonialwarenhändler in der Zunft der *Épiciers* machten, die den lukrativen Handel mit

Tabak, Schokolade, Rum, Zucker, Pfeffer und anderen exotischen Produkten beherrschte.

Im späten 18. Jahrhundert wurden farbige Einwanderer aus den Kolonien streng kontrolliert und abgeschoben, wenn sie nicht von Geburt Franzosen waren. Viele besorgten sich falsche Papiere oder nutzten die Kirchenregistereinträge von Verwandten, die in Frankreich geblieben waren. Das scheint auch bei Colettes unmittelbarem Vorfahren, Pierre Landois, der Fall gewesen zu sein, einem Mann aus Martinique, der sich während der Revolutionszeit als *Épicier* in Le Havre niedergelassen hatte. Seine beiden Söhne waren ebenfalls in der Kaufmannsbranche: Pierre in Paris und Robert, Colettes Urgroßvater, in Charleville, einer Stadt in den Ardennen, die als Umschlagplatz für den Import- und Exporthandel mit den Antillen fungierte. Hier heiratete Robert die Tochter eines Binnenschiffers, Marie Mathis. Ihr Sohn Henry, der »Gorilla«, kam 1783 zur Welt, und die Familie besaß »ausreichend Vermögen«, um ihm »eine solide Ausbildung« angedeihen zu lassen.

Henry diente in der napoleonischen Armee in einer Eliteeinheit der Kavallerie und machte, als er in Versailles stationiert war, einem hübschen Mädchen mit blonden Haaren den Hof – Colettes Großmutter, deren Vater die Uhrenfabrik am Ort leitete. »Zweifellos hatte ihr Mann, der etwas *coloured* war, bevor er sie zwanzig Mal betrog«, wie Colette schreibt, »sich von der Blässe dieser Pariserin verführen lassen.«

Sie heirateten rasch, denn Sophie war schwanger. Alles in allem gebar sie sieben Kinder, von denen vier überlebten. Die Brüder Eugène und Paul waren neunzehn beziehungsweise zwölf Jahre älter als Sido, die Schwester Irma nur vierzehn Monate. Irma kommt allerdings in Sidos Briefen oder den Biografien von Colette kaum vor. Sie verdiente ihren Lebensunterhalt als Putzmacherin in Le Havre, wo sie geboren war, und starb mittellos in einem Brüsseler Krankenhaus. Francis und Gontier vermuten, dass ihr Schicksal ein gut gehütetes Familiengeheimnis war, und dass sie, bevor sie spät einen viel älteren Mann heiratete, zehn Jahre lang von ihren Reizen lebte.

Nach seinem Kriegsdienst arbeitete Henry Landois im Geschäft seines Vaters mit und war so erfolgreich, dass er Großhändler, das hieß ein Herr wurde. Aber er lebte über seine Verhältnisse; als seine Frau starb, hatte sich eine solche Schuldenlast angesammelt, dass er gezwungen war, das Land zu verlassen, um seinen Gläubigern zu entfliehen. Er ließ sich dann in Belgien nieder, heiratete eine reiche Witwe, über die wir nichts weiter wissen, und kehrte nach etlichen weiteren Umwälzungen und Schicksalsschlägen mit seiner Familie und einem gezähmten Affen namens Jean nach Lyon zurück. Dort bezog er ein geräumiges, reich möbliertes Haus, in dem er Schokolade herstellte.

Hier war es, wie Colette berichtet, wo die achtjährige Sido – aus der Puisaye zurückgeholt – einen Säugling unbekannter Herkunft piesackte, der eines Morgens mit seiner Amme angekommen war. »Zieh sie auf«, hatte Landois (der sich jetzt Landoy schrieb) Sido aufgefordert, »sie ist deine Schwester.« Ihre mütterlichen Instinkte reichten nicht aus, um der Eifersucht auf den jüngeren Neuankömmling Einhalt zu gebieten. Mit der »Kindern eigenen Grausamkeit«, die Sido wie Colette insgeheim bewunderten und der beide nie ganz entwuchsen, machte sie sich daran, die kleinen Finger dieses Kindes, die nicht grazil genug waren, schlanker zu machen, indem sie sie drückte und zwickte. »So begann die Tochter meines Vaters ihr Leben mit zehn kugelförmigen Abszesschen«, behauptet Colette, von Sido erfahren zu haben. »Da siehst du mal, wie bösartig deine Mutter ist … Ein so schönes Baby … Es schrie.«

Die Chronologie von Sidos Jugendzeit ist unklar. Offenbar verbrachte sie 1848, das Jahr der bürgerlichen Revolution, mit Madame Guille in Mézilles. Es heißt oft, Sidos Brüder hätten ihren damaligen Wohnort als Deckadresse für die eigenen geheimen politischen Aktivitäten benutzt. Die Puisaye war ein Zufluchtsort für Untergrundkämpfer der Demokratie wie für illegale Geheimgesellschaften, und beide Brüder seien leidenschaftliche Freidenker und Republikaner gewesen.

Die Brüder hatten die belgische Staatsbürgerschaft angenommen, und irgendwann zwischen 1849 und 1854, als ihr Vater starb, holte Eugène Sido nach Brüssel. Er war damals ein erfolgreicher Verleger und ein hervorragender liberaler Journalist, der nach dem Staatsstreich von 1851 sein Haus den Schriftstellern, Künstlern und Intellektuellen öffnete, die vor der bedrückenden Atmosphäre im Frankreich des Zweiten Kaiserreichs flohen. Sido erzählte Colette, sie habe in diesem emanzipierten, literarischen Milieu, dessen Verlust sie nie aufhörte zu bedauern, die glücklichsten Jahre ihres Lebens verbracht. Eugène habe sie in »die Kunst, das Seltene und das Schöne zu lieben, eingeführt«.

Francis und Gontier gehen weiter; sie unterstützen die These, dass Sidos – und durch Osmose auch Colettes – »Philosophie« maßgeblich von den »verwegenen« Ideen der Atheisten, Bohemiens und Sexualrevolutionäre gefärbt worden sei, die sie im Haus ihres Bruders kennen lernte, besonders von den Ideen eines Victor Considérant, dem großen Freund von Eugène, und eines Fourier, dem »Fahnenträger« des utopischen Sozialismus. Nach Fourier sei, so schreiben sie, »die Unterdrückung der Leidenschaften [...] die Wurzel aller Übel, aller Verbrechen und pathologischen Probleme der zivilisierten Gesellschaften. [...] Fourier prophezeite, dass ein Zeitraum von drei Jahrhunderten erforderlich sein würde, um unsere Zivilisation in die *Harmonie*, die ideale Gesellschaft zu verwandeln. Sido betrachtete sich als Pionierin dieser neuen Ordnung der Gesellschaft und der Liebe. 1909 schrieb sie an Colette: ›Ich war immer ein wenig verrückt ... allerdings nicht so sehr, wie du glaubst. Es ist nämlich so: Ich bin drei Jahrhunderte zu früh auf die Welt gekommen, und diese versteht mich nicht, sogar meine Kinder nicht.‹«

»Aber«, bemerkt Colette über die erste Ehe ihrer Mutter, »ein junges Mädchen ohne Vermögen und Beruf, das auf Kosten seiner Brüder lebt, muss schweigen, die Gelegenheit beim Schopf packen und Gott danken.« Den Mund zu halten war jedoch nie Sidos Art. Ihr freimütiges Sprechen, ihre geistige Unabhängigkeit und nicht zuletzt ihre lebenslange Liebe zu ihren Brüdern, das alles lässt vermuten, dass sie nicht »ängstlich und schweigend« zuhörte, als die Männer über ihr Schicksal entschieden. Robineau war so berüchtigt, dass sie und ihre Familie über seinen Charakter nicht in Unkenntnis gewesen sein konnten, aber er war zudem so heruntergekommen, dass sie vielleicht aus praktischen Erwägungen zum Pakt mit dem Teufel bereit waren. Bereit, ihre Jungfräulichkeit und höchstens ein paar Jahre Unglück für ein Leben in Sicherheit einzutauschen.

»Wir sind alle so einfältig mit zwanzig«, sagte Sido zu Colette und meinte die Frauen. Als alte Witwe sprach sie verächtlich über die Ehe, die sie als »ein Verbrechen« (*un forfait*) bezeichnete. Über Ehemänner im Allgemeinen wetterte sie: »Mein Gott, sind die dumm!« Gegenüber der Tochter, die sie als ihr zweites und besseres Selbst ansah, betonte sie, dass sie, Sido, »für ein Leben in Freiheit bestimmt«, doch »nicht in der Lage gewesen [sei], das Joch abzuwerfen«, wie Colette das konnte. »Ich wollte nie Kinder haben.« Ebenso wenig ermunterte sie Colette, die bis vierzig kinderlos blieb, zu Nachwuchs. Doch vielleicht sah die Tochter des Gorilla in diesem Affen etwas verführerisch Vertrautes und Herausforderndes: jenen »tief verwurzelten Frauenhass«, der, Colette zufolge, Frauen »so gefällt«. Es gibt die Romanze zwischen der Schönen und dem Biest in vielen Varianten, in den meisten Fällen wird allerdings die Kampflust der Jungfrau, das Raubtier zu besiegen und zu zähmen, fromm verbrämt.

3

Jules Robineau besaß ein stattliches Haus in Saint-Sauveur, in der Rue de l'Hospice Nummer sechs. Im Jahr 1925 wurde eine kleine rosa Marmortafel an der Fassade angebracht, auf der schlicht geschrieben steht: HIER WURDE COLETTE GEBOREN. Sie sei dankbar gewesen, sagte Colette, dass man diskret auf die Angabe des Datums verzichtet habe. Die Anfangszeilen von *Claudines Mädchenjahre* haben diesem »großen, ernsten Haus« ein literarisches Denkmal gesetzt. Generationen französischer Schulkinder kennen aus ihren Diktaten nur zu gut die schwärzliche Hauptfassade, die »hinkende Freitreppe«, das Gitter, das den Garten abschließt, die unfreundliche »Waisenhausglocke«. Es war ein Haus, das, wie Colette schreibt, »nur auf der einen Seite lächelte«. Das sind erinnerungswürdige Bilder.

Robineau pflegte seine Konkubine Marie Miton regelmäßig zu schlagen, und zwei Monate nach seiner Hochzeit versuchte er, wie gewöhnlich betrunken und über die Schmerzen, die er ihr zufügte, spottend, auch Sido zu schlagen. »Das war ein reizendes Gemetzel!« schrieb sie an Colette. Sido war immer über Frauen entrüstet, die nicht bereit waren, die Männer, die sie geheiratet hatten, zu verlassen, sie hinauszuwerfen oder zu ermorden, wenn sie sich als untreue und gewalttätige Schufte erwiesen. »Ich habe ihm an den Kopf geworfen, was immer auf dem Kaminsims stand, einschließlich einem scharfkantigen Lampenständer. Dieser traf ihn mitten ins Gesicht und er nahm die Narbe mit ins Grab. Ich war mit mir zufrieden. Das hat ihn ein für alle Mal kuriert, weißt du ... Das hättest du deiner Mama nicht zugetraut, nicht wahr, mein Kleines?«

In ihrer märchenhaften Version von Sidos Leben erwähnte Colette nie Robineaus Brutalität, auch nicht die Bereitschaft ihrer Mutter, sich ohne Zögern und bemerkenswert mutig zu verteidigen. Stattdessen beschreibt sie, wie der Wilde – nachdem er festgestellt hatte, dass seine Braut »langweilig« war – sein Pferd sattelte, nach Auxerre ritt und mit einem Kaschmirschal und einem Marmormörser zurückkam. Sido hinterließ diese Schätze Colette. Diese zerschnitt den Schal, um Kissenhüllen und Taschen daraus zu nähen, und benutzte den Mörser zur Herstellung von Mandelmark. Das waren nur die Relikte – die symbolischen Trophäen – der eigentlichen oder besten Hinterlassenschaft ihrer Mutter: dem »Bedürfnis zu überleben, [das] bei uns Frauen so lebendig ist und so weiblich, [und] die Lust auf den körperlichen Sieg«.

Robineau fühlte sich gedemütigt, und Sido war wohlwollend genug, dieses emotional armselige Wesen, das, wie Colette schreibt, »nicht zu schenken verstand«, zu bemitleiden. Sie beide verband die Verachtung für die Tugendbolde im Dorf und mindestens eine weitere tiefe Neigung. Als Sido in einem Brief an Colette von einem biblischen Ereignis erzählt, bei dem es eines Sommertags auf einer Straße zwischen zwei Wassertümpeln Frösche herniederregnete, bemerkt sie, dass sie diese Merkwürdigkeit nicht überrascht habe, »denn J. Robineau, der sich in den Dingen des Feldes, des Waldes und der Teiche gut auskannte, hatte [ihr] schon davon erzählt«. Die Liebe zur Natur konnte ein starkes, ungeselliges männliches Wesen für Colette nur liebenswert machen.

Wenn Sido, wie Crançon behauptet, eine »lieblose« Ehefrau war, dann war sie, wenn wir ihren Briefen und Colette glauben schenken, auch eine Ehefrau, die »nicht klagte«. Als eine Waise ohne Mitgift hatte sie es doch zu einem Namen und zu Verbindungen gebracht, auf die sie ihr Leben lang stolz war. Dadurch kam sie in den Besitz eines Gutes, einer Ausstattung mit Tafelsilber, zu edlem Geschirr, Kristallglas, kupfernen Töpfen und zu aus dem Flachs ihrer eigenen Landwirtschaft gewebten Leintüchern. Sie genoss das gesellschaftliche Leben am Ort, die Bälle und Diners mit dem Landadel. Sie führte ein reiches Haus mit fünf Dienern und lehrte die Küchenhilfe, die deftigen flämischen Speisen zuzubereiten, die sie an das Haus ihres Bruders erinnerten.

Ihre Freundschaft mit Victor Gandrille, dem millionenschweren Eigentümer des Schlosses, war eine Quelle des Klatsches. Crançon, der die Einnahmen und Ausgaben von Madame Robineau wachsam verfolgte, nennt sie »eine Frau, die zu Sparsamkeit und Ordnung nicht imstande war«. Am Ende ihres Lebens, als Sido immer noch in ihrem Provinznest saß und von einer kargen Rente lebte, seufzte sie in einem Brief an Colette: »Ich liebe den Luxus.« »Es ist sehr ärgerlich, nicht reich zu sein.«

Wenn Robineau weiterhin mit den Dienstmädchen Unzucht trieb, dann wagte er wohl nicht mehr, das zu Hause zu tun. Francis und Gontier vermuten, er sei weiterhin von Marie Cèbe abhängig gewesen, die nebenan wohnte und ihn während seiner Saufgelage pflegte. In den ersten Jahren ihrer Ehe versuchte Sido die Alkoholabhängigkeit ihres Mannes zu bekämpfen, doch gab sie den Kampf auf, als ihre Zuneigung eine andere Richtung nahm. Als er starb, hatten sie längst getrennte Schlafzimmer. »Ich habe es nie für passend oder schicklich gehalten, mit dem Ehemann zu schlafen«, schrieb Sido an Colette.

Doch widersprach es offenbar nicht ihren Prinzipien, mit jemandem zu schlafen, der nicht ihr Ehemann war. Wir werden ihren zweiten Liebhaber gleich treffen. Ihr erster war, laut Crançon, der Notar im Dorf, Adrien Jarry, »von dem es hieß, er habe das nicht einmal halb geleugnet«. Am 14. August 1860 registrierte Monsieur Jarry die Geburt von Madame Robineaus erstem Kind, einer Tochter, Héloise-Émilie-Juliette, der Colette das irreführend romantische Epitheton »meine Schwester mit den langen Haaren« gab.

Zumindest stand die Vaterschaft bei Juliette nicht in Frage, anders als bei ihrem Bruder. Laut Sido besaß das Mädchen »vollständig« Robineaus Charakter. Colette beschreibt an ihrer Schwester den »merkwürdigen Kopf von anziehender Hässlichkeit mit vorspringenden Bäckchen und dem sarkastischen Mund einer Kalmückin«. Sie hatte eine niedrige Stirn, kräftige Augenbrauen, überhaupt war ihr Haar »außergewöhnlich in Bezug auf Länge, Stärke und Zahl«. Dieses beunruhigende Kind, erfuhr Colette von Sido, »war eine Freundin der Nacht ... und als sie herangewachsen war, blieb sie dem Schatten treu«.

Sido empfand geradezu einen inneren Widerwillen gegen Hässlichkeit. Sie legte größten Wert auf Colettes Schönheit und Lebenskraft und sie hörte nie auf zu bemerken, wie sehr sie einander glichen. Juliette hingegen war als Kind und später als Frau ihrer Mutter in jeder Hinsicht fremd und eine Außenseiterin, ein Monster – ja eine Waise – in ihrer eigenen Familie. Sie teilte nie die Leidenschaft ihrer Mutter für Haus und Garten, nicht die Liebe ihres Vaters zur Natur oder die ihrer Brüder zur Musik. Colette beschreibt sie als einen Geist, der mit der Nase tief in einem Roman durch das Haus wanderte, als ein von der romantischen Dichtung »berauschtes Opfer«. »Ich spüre, dass dieses Kind unglücklich ist, ich spüre, dass es leidet«, sagt Sido sorgenvoll in Colettes Erinnerungen. Doch scheint auch ihr mütterlicher Stolz zutiefst verletzt gewesen zu sein.

Chronische Depression und vielleicht sogar eine Psychose gehörten zu Juliettes väterlichem Erbgut. Aber ein Problemkind, das sich von seinen Eltern abgelehnt oder nicht wahrgenommen fühlt, kann sich auch dadurch rächen, dass es sich weigert, zu wachsen und zu gedeihen. Colette beschreibt, wie der Teenager Juliette an Typhus erkrankte und sich nicht von der Mutter pflegen lassen wollte: »Ich kenne niemanden hier«, schrie sie im Fieber zu Catulle Mendès – Colettes späteren Freund –, eine jener literarischen Berühmtheiten, mit denen Juliette in ihrer Fantasiewelt verkehrte. Später schrieb sie geistlose und grobe Briefe an eine Mutter, die selbst großen Wert auf ihren Stil legte und das literarische Talent ihrer anderen Tochter sehr hoch schätzte. Sie heiratete einen Mann, den Sido verabscheute und dessen Forderungen bezüglich der Mitgift seiner Frau für die Familie ruinös waren. Juliette gebar ihr einziges Kind im Haus gegenüber; Sido aber blieb ausgeschlossen, sie hörte nur die Schreie des Neugeborenen von ihrem Garten aus.

Juliette war dreizehn Jahre alt, als Colette zur Welt kam. Die Diskrepanz im Temperament der beiden und der Altersunterschied führten dazu, dass die Schwestern einander praktisch fremd blieben. Doch keiner aus der Familie hatte, Sido zufolge, Juliette wirklich gekannt. »Ich war die Einzige«, behauptete Sido in einem Brief an Willy, wenige Tage nachdem Juliette, mit achtundvierzig Jahren, sich im zweiten Versuch mit Strychnin das Leben genommen hatte. Doch da irrte Sido, denn der Schatten von Juliette begegnet einem auf Schritt und Tritt in Colettes Werk und besonders in ihren journalistischen Beiträgen. Sie zeichnet depressive, misshandelte, gewalttätige und betrogene Frauen – Opfer ihrer Familien, ihrer Ehemänner und ihrer eigenen Schwachheit – mit einer Eloquenz, die ihrem eigenen Widerwillen und ihrer Distanz Juliette gegenüber Hohn spricht. Das schwesterliche Gefühl ist da, verstohlen und verschämt, aber tiefempfunden, so musste es auch in Saint-Sauveur da gewesen sein.

Es gibt viele Beispiele, die ich hier zitieren könnte, aber das beste und für die Familie typischste ist Colettes Studie über die schändliche Vatermörderin Violette Nozière:

> Ich betrachtete das Gesicht dieses jungen Mädchens, das sanftmütig, fast uninteressant wirkte, bis zu dem Tag, an dem die Fotografien zeigten, welch auffallende Ähnlichkeit es mit dem Bildnis des Vaters hatte. Violette Nozière ist dermaßen die Tochter ihres Vaters, dass fast nichts an ihre Mutter erinnert: Vergleichen Sie die Architektur der beiden Gesichter, sehen Sie den schwermütigen, aber schüchternen Mund und im Blick den gleichen Vorwurf, den Vorwurf der Schwachen, die Unzufriedenheit derer, die niemals gegen sich angekämpft haben. […]
> Verteidige ich eine Kriminelle, von der ich nichts weiß

außer ihrer Tat? Nein. Ich denke weniger an ihre Tat als an ihre Jugend, ihr verborgenes Gären. […]
Scharfsinnige und Verwundete, erstickte Seelen bekennen sich zu nichts. Unter der ruhigen Wasseroberfläche zeigt sich keine monströse Schuppe, um die Widerspiegelung einer ebenen Landschaft zu kräuseln … Wenige Eltern haben Talent; wie viele ahnen kommende Katastrophen voraus? Sie würden nicht aus bloßer Eingebung eingreifen. […] Man hat schon Gefangene unter den Augen ihrer Aufseher ihre Fluchtgeräte feilen sehen.
Vor uns im Gerichtssaal sitzen zwei Fremde, zwei Feinde, Mutter und Tochter […]. Die Mutter verflucht sie umsonst. Aber wenigstens die Tochter will dem wirren, schrecklichen Traum ein Ende setzen, den sie so lange vor ihrer Mutter, der Fremden, und ihrem Vater, dem Unbekannten, hat reifen lassen.

2. KAPITEL

Kein Zweifel, sie war Madame Bovary.
Claude Pichois über Sido

I

Im August 1860 traf in Saint-Sauveur ein neuer Steuereinnehmer ein. Dieser frühere Hauptmann im Infanteriecorps der Zuaven, Jules Colette, wurde im Dorf sogleich zum Gegenstand der Neugierde. Sein Akzent verriet den Mann aus dem Süden, seine Sprechweise den Herrn. Das rote Band im Knopfloch – Abzeichen der Ehrenlegion – in Kombination mit dem Holzstumpf, der aus seinem linken Hosenbein ragte, gab ihn als Kriegshelden zu erkennen.

Die Männer im Café dürften schnell über die heldenmütige Karriere des Hauptmannes im Bilde gewesen sein, von der dieser wiederholt vergnüglich, mit *gaillardise*, erzählte. Er hatte in Algerien, in der Türkei und unter General Canrobert auf der Krim gedient. In der Schlacht von Alma hatte er einen siegreichen Schlag gegen die Russen geführt, dann war er in Sebastopol verwundet worden, hatte aber die Cholera-Epidemie, die sein Regiment dezimierte, überlebt und auch den berüchtigten Schrecken jenes Winters. »Der Schnee, der Hunger, das unter den Pferdekadavern geerntete und roh gegessene Gras, davon sprach er«, schreibt Colette, »sowie von vielen besonderen Vergünstigungen, die das Schicksal ihm persönlich erwiesen hatte.«

Im Jahr 1859 hatte Napoleon III. die Zuaven nach Italien abkommandiert, damit sie Victor Emmanuel bei der Vertreibung der Österreicher halfen. Dort, auf dem Schlachtfeld von Melegnano, zerschmetterte eine Kanonenkugel Hauptmann Colettes Oberschenkelknochen. Er wurde von zweien seiner Männer gerettet und nach Mailand in ein Feldlazarett gebracht, wo ein Chirurg die Amputation, gleich unterhalb der Leiste, mit einer Metallsäge durchführte. Die Milanesen waren ihren Befreiern leidenschaftlich dankbar. »Die Mailänderinnen!« seufzte er vor seinen neuen Freunden. »Ach, was für Erinnerungen. Das war das beste Jahr in meinem Leben!«

Jules Colette war noch nicht ganz genesen, als der Kaiser seine Krankenstation besuchte. »Ich würde gern etwas für Sie tun«, sagte er zu dem Zuaven. Der antwortete, er wünsche sich nur eine einzige Entschädigung: eine Krücke. Diese, ein Kriegsorden und Sinekure als Steuereinnehmer von Saint-Sauveur waren seine Belohnung für das, was er gern *»une égratignure«* (eine Schramme) nannte.

Madame Robineau war im neunten Monat mit Juliette schwanger, als Hauptmann Colette ihr Nachbar wurde; er hatte sich, nur ein paar Häuser entfernt, bei einer Witwe eingemietet. Sido war wohl wegen der bevorstehenden Entbindung zu sehr in Sorge und bei der Augusthitze zu sehr geschwollen, um ihn besonders zu beachten. Aber er sang gern am offenen Fenster – die italienischen Liebeslieder, die er in Mailand gelernt hatte – und sie konnte ihn von ihrem Fenster aus gehört haben. Er hatte eine bewegte und warme Baritonstimme. Sie lernte, dass diese Stimme auch in schreckliche, »unechte südliche Wutanfälle« ausbrechen konnte oder in »Geknurre und großspurige Flüche« und dass sie, wenn die Wut echt war, honigsüß drohend klang.

Vielleicht Anfang September, als sie wieder auf den Beinen war, entdeckte Sido, dass dieses ausdrucksstarke Organ einem gut aussehenden Dreißigjährigen mit den Backenknochen eines Kosaken und den Augen einer Katze gehörte. Der Blick dieser

Augen war obszön und herausfordernd. Der Hauptmann versäumte nicht, das Dorf wissen zu lassen, dass die Säge des Chirurgen seine Männlichkeit verschont hatte. Seine große Muskelkraft schien »kontrolliert und katzenartig verhalten« und er bewegte sich auf seinen Krücken bemerkenswert sportlich. Crançon berichtet auch, Jules Colette habe eine junge Frau aus der Gegend geschwängert und sie dann fortgeschickt, »damit sie ihm bei seinen Plänen« – das Herz und das Vermögen von Madame Robineau zu erobern – »nicht in die Quere komme«.

Zu Anfang amüsierte es Sido, wenn des Hauptmanns Wirtin sich über seine Kasernensprache, sein unablässiges Rauchen und Kokettieren und über seine exzentrischen Essgewohnheiten beklagte. Seine Vorliebe für Salate an Stelle von rohem Fleisch hatte er vielleicht aus der Krim mitgebracht. Alkohol rührte er nicht an. Das musste die Frau von Jules Robineau beeindruckt haben. Der Hauptmann war seinerseits von der Gelassenheit der jungen Nordfranzösin entzückt, von ihrer eleganten Gestalt und ihren herrlichen Haaren; ihre katzenhaften Züge – den seinen so ähnlich – überzeugten mehr durch ihr Feuer als durch Perfektion. Sidos Blick war durchdringend. Ebenso ihre Ironie. Vom ersten Satz an zeigte sie dem Dorf, dass sie anders war. Jules Colette hatte ihre Geschichte im Café gehört: dass sie den trunkenen, alten Rohling um seines Vermögens willen geheiratet hatte; dass ihre republikanischen Brüder in Belgien lebten; dass sie vornehm war. Sie begegneten einander oft in der Schlossgesellschaft, die sie später verschmähen sollte. Vielleicht stattete er ihr einen Neujahrsbesuch ab, und sie machten Musik oder spielten Schach, während Robineau eine neue Flasche aus dem Keller holte und seine Lieblingsphilosophie zum Besten gab: »Wenn du trinkst, stirbst du; aber wenn du nicht trinkst, stirbst du auch.«

»Ein komischer Mensch«, schreibt Claude Pichois. »Mit der Amputierten und Südländern eigenen melancholischen Fröhlichkeit, aufmerksam, galant, zuvorkommend und relativ kultiviert, war es [für Hauptmann Colette] nicht schwer, in dieser Einöde von Saint-Sauveur Sidos Zärtlichkeit zu wecken.« Die beiden verband die Komplizenschaft zweier gebildeter Außenseiter, die bei Banausen gestrandet waren. Wie ihr Verhältnis auch immer begann, man darf vermuten, dass es überstürzt geschah. »Es gibt Menschen, die werfen sich auf deinen Lebenspfad und stürzen ihn ins Chaos«, schrieb Sido an Colette. »Das tat dein Vater mit mir.«

2

Die Familie der Colettes stammte ursprünglich von der Mosel, aber Jules Colette war wie sein Vater ein Marinesprössling, in Toulon geboren und mütterlicherseits Provenzale. Wenn Sido die Eifersucht ihres zweiten Ehemannes leid war, nannte sie ihn »Italiener«. Sie schrieb auch seine Passivität, die sich für ihr Vermögen so verhängnisvoll auswirken sollte, seiner »italienischen Seite« zu. Das war eine Schwäche, die ihr Sohn Léo erbte, und Colette war immer dankbar, dass das genetische Roulette ihr selbst »ein Bedürfnis zu handeln« gewährt hatte. »So etwas bekommst du nicht von deinem Vater«, prahlte sie. »Er war zum Pascha oder Priester geboren, was meiner Meinung nach auf dasselbe hinausläuft.« Sido wäre erstaunt gewesen, hätte sie Colette als alte Frau behaupten hören: »Ich bin ›im Zeichen der Passivität‹ geboren.«

Der Vater des Hauptmanns war Marineinfanteriekommandant gewesen und hatte sich in Ehren auf ein kleines Gut bei Le Mourillon, nahe seiner Geburtsstadt, zurückgezogen. Das Gut lag idyllisch auf einem Felsvorsprung mit Blick über das Meer. Als Colette auf einer ihrer Tourneen als Varietékünstlerin in Toulon gastierte, fand sie eine Ansichtskarte von diesem Ort und schickte sie ihrer Mutter. Sido erinnerte sich an einen Ferienaufenthalt mit ihren drei größeren Kindern dort, und für Colette hätte er später eine reizvolle Alternative zur Bretagne oder zu St. Tropez sein können. Aber eine hässliche Auseinandersetzung mit seiner Nichte über ihr väterliches Erbe zwang Jules Colette, die Klippe mitsamt »einem schönen Stück Land«, das seine Mutter so gerne besessen hätte, zu verkaufen.

Die Eltern das Hauptmanns betrachteten ihn als ihren verlorenen Sohn, und seine Mutter ärgerte sich so öffentlich über ihn, dass Crançon ihre Klage zitiert: Jules habe die Familie »ruiniert«. Seine Kinder nannten ihrerseits Madame Colette *mère* ihre »böse« Großmutter, um sie von der »guten« (toten) zu unterscheiden. Sido kannte ihre Mutter freilich nur aus den Geschichten, die ihre Brüder erzählten, und von einem einzigen Bild, einer Miniatur, die auf ein Stück Elfenbein mit feinen Haarrissen gemalt war. Dieses Bild erbte Colette; eines Tages wurde es aus einer ihrer vielen Pariser Wohnungen gestohlen, aber sie entdeckte es dreißig Jahre später auf einem Flohmarkt wieder. (Von diesem Zufall beeindruckt, überließ der Verkäufer es ihr für einen guten Preis.) Das Porträt zeigte eine blasse, lächelnde junge Frau in einer Empirerobe mit einem Löckchen an jedem Ohr. Doch alles, was Colette über Sophie Landoy wusste, war, dass sie »vorzeitig« und so schrecklich »betrogen« verstarb.

Unparteilichkeit zählte nie zu Sidos Tugenden. Sie verabscheute angeheiratete Verwandte im Allgemeinen und diese kleine Bulldogge einer Schwiegermutter im Besonderen. Wenn Mitglieder ihrer eigenen Familie Fremde heirateten, empfand sie das immer als eine schwer erträgliche Qual. »Alle meine Schwiegersöhne sind Schweine und meine Schwiegertochter ist ein fettes Biest«, schrieb sie an Colette. Unter den Gatten ihrer Kinder gab es nur eine Person, gegen die sie keine Vorbehalte hatte, das war Colettes lesbische Liebe, die Marquise de Morny.

Die Mutter des Hauptmanns »hatte über grünen Augen rostrote hängende Brauen und schleppte eine stämmige körperliche Majestät in weiten schwarzen Taftröcken mit sich«. Ihre Eifersucht war legendär, und das missfiel Sido umso mehr, als dies eine weitere nutzlose Hinterlassenschaft der lateinischen Vorfahren an ihren Mann war. Colette hingegen hatte dafür vollstes Verständnis. In *Le Pur et l'impur* erzählt sie, wie ihre böse Großmutter ihrem siebzigjährigen Ehemann auf eine öffentliche Toilette folgte und vor der Tür Wache hielt, bis er wieder herauskam. »Ein Mann, der uns betrügen will«, sagte sie zu Colette, »entwischt durch noch kleinere Löcher.«

Wäre man geneigt, Sidos Ansichten über die Bedeutung des ethnischen Erbes bei der Ausbildung von Charakteren Glauben zu schenken, könnte man mit Theodor Zeldins meisterhaftem Porträt der Provenzalen ein anschauliches Bild von Jules Colette erhalten:

> Sie betrachteten sich als Ketzer des Christentums [...], Erben des Katharerglaubens [...], die noch unter ihnen überlebt hatten [...]. Die Provenzalen, so behaupteten sie, hielten Gut und Böse nicht für einen Gegensatz; sie besaßen keine Wertehierarchie, keine moralischen Grundsätze; für sie war das Leben eine Kunst, die man mit Koketterie und Dilettantismus betreiben sollte. [...] Sie urteilten nicht über Ideales. Anders als die Nordfranzosen, die an eine absolute Wahrheit glaubten [...], missbilligten die Mediterranen das Lügen nicht. Ja, das Lügen war weder ein Spiel noch eine Psychose, sondern ein Ritual und ein Zeremoniell. [...] Mediterrane Menschen denken nicht über den Tod nach. [...] Sie lebten nicht, um in der nächsten Welt dafür belohnt zu werden, sondern sie suchten die Gegenwart zu genießen, es sich gut gehen zu lassen, ein Bild von sich als angenehme, edle und schöne Menschen zu schaffen. Die Liebe war im Süden etwas anderes als im Norden. Die Provenzalen verachteten die Leidenschaft nicht.

Im Jahr 1847 trat Jules Colette, achtzehnjährig, in die französische Militärakademie St. Cyr ein. Ein knappes Jahr später wurde ihm sein Offiziersrang aberkannt und er zum Gefreiten degradiert – offiziell wegen »Ungehorsam«; Francis und Gontier vermuten jedoch, er habe in einem illegalen Duell einen Kommilitonen getötet; Pichois nimmt an, er habe an linken politischen Demonstrationen teilgenommen. In jenem Februar wurde Frankreich von der bürgerlichen Revolution erschüttert, die die Julimonarchie stürzte und für kurze Zeit die Zweite Republik an die Macht brachte. Als der Hauptmann Jahre später als Republikaner bei der Wahl für ein Amt kandidierte, sollte er damit prahlen, er habe »neben Lamartine, Arago und Ledru-Rollin«, den Helden des Tages, »vor dem Rathaus gestanden«. Unmittelbare Folge ihres unblutigen und aufklärerischen Aufstands war die Einführung des allgemeinen Männerstimmrechts. Zur ersten Wahl gingen fünf Millionen Franzosen, einschließlich Bauern und Arbeiter. Und welchen großen Demokraten wählten sie zu ihrem Präsidenten? Prinz Louis Napoleon.

Inzwischen hatte der Vater des aufmüpfigen Gefreiten seine Beziehungen spielen lassen und ihn in einem Marineinfanterieregiment untergebracht, das nach Französisch Guyana auslaufen sollte. Nach einem Jahr der Bewährung in den Tropen wurde Jules Colette gestattet, seine Ausbildung an der École Spéciale Militaire zu vollenden, danach wurde er wieder zum zweiten Leutnant bei den Zuaven ernannt. 1851 war aus dem Volksprinzen ein reaktionärer Kaiser geworden und aus dem feurigen Republikaner aus Toulon ein Infanterist in des Kaisers sinnlosen Kriegen. Als Colette später die Briefe ihres Vaters an seinen Kommandanten noch einmal las, entdeckte sie, dass sein größter Wunsch gewesen war, ruhmreich im Kampf zu sterben. Doch war dem Hauptmann vom Schicksal bestimmt, was er auch anpackte, zu verpfuschen, so auch das Sterben. Heirat, Familie, Politik, Literatur und der Zeitvertreib eines Landedelmanns, das alles konnte ihn nicht über die Bitternis hinwegtrösten, die kein Zivilist ohne weiteres begreifen kann: die heimliche Demütigung, überlebt zu haben.

3

Juliette war drei Jahre alt und Sido mit Robineau seit sechs Jahren verheiratet, als ihr erster Sohn Edmé-Jules-Achille zur Welt kam. »Wenn es jemals Zweifel über ihr Verhältnis [mit Jarry] gab«, schreibt Crançon, »über ihre Beziehung zu Monsieur Colette gibt es kaum einen Zweifel, auch lebt in Saint-Sauveur keine Menschenseele, die nicht davon überzeugt wäre, dass Madame Robineaus zweites Kind sein Werk ist.«

Sido verlor nie ein Wort über die Sache, mit Ausnahme einer kryptischen Bemerkung Colette gegenüber: »Du bist nicht wie ich. Ich widerstehe meinen Leidenschaften«, was nicht heißt, dass sie den Leidenschaften eines anderen widerstehen konnte. Achille wurde später in der Grabstätte der Colettes beerdigt, trug zu seinen Lebzeiten aber den Namen Robineau-Duclos. Er bekam sein Drittel aus dem strittigen Vermögen, wurde Arzt und verheiratete sich schließlich sehr gut. Seine Frau, Jane de la Fare, war die Tochter eines Viscount, dessen traditionsreiche Familie Ländereien und Schlösser in der Provinz besaß. Für die Braut hätte diese Verbindung als schwerwiegende »Mesalliance« gegolten, wäre bei ihren Verwandten der Verdacht aufgekommen, dass Achille das uneheliche Kind eines mittellosen früheren Steuereinnehmers und der Madame Bovary von Saint-Sauveur war.

Sido gefiel die Verbindung zu den de la Fares, und im Alter war sie auf Jane angewiesen, machte sich aber trotzdem über sie lustig und verachtete sie. Sie hatte Achille immer abgöttisch geliebt und ihn »mein Schöner« genannt; er besaß die Züge des Hauptmanns und hatte, als er heranwuchs, einen viel leidenschaftlicheren Loyalitätssinn gegenüber den Eltern als seine jüngere Schwester.

Colette, die wahrscheinlich wusste, wer sein Vater war, nannte Achille »einen richtigen Bruder nach dem Herzen, nach Wahl und Ähnlichkeit«. Aber er war auch ihr erster – und größter – Konkurrent um die Liebe.

Achille war gerade zwei Jahre alt geworden und Juliette fünf, als »ihr« Vater an einem heftigen Schlaganfall im Schlaf starb, was erst am nächsten Morgen entdeckt wurde. Crançon gab Sido die Schuld daran, weil sie unter dem »Vorwand«, sie könne wegen seines lauten Schnarchens nicht schlafen, ihren Mann in ein getrenntes Schlafzimmer verbannt hatte. »Ich bin überrascht«, fuhr er fort, »dass ich nicht einen habe sagen hören, die treulose Frau und ihr Liebhaber hätten seine Tage nicht verkürzt. Zumindest ist sicher, dass sie ihn in Frieden haben Selbstmord begehen lassen.«

Nach dem Begräbnis fertigte der hilfsbereite Monsieur Jarry eine Bestandsaufnahme von Robineaus Besitztümern und Ländereien an. Ein Gut im Wert von über dreihunderttausend Francs sollte zu gleichen Teilen zwischen der Witwe und ihren beiden Kindern aufgeteilt werden. Die Verwaltung des Eigentums war für eine Frau, die »zu Sparsamkeit und Ordnung unfähig war«, in der Praxis eine mühevolle Pflicht. So war Hauptmann Colette mehr als bereit, Sido dabei zur Hand zu gehen. Sie machte aus ihrer Intimität mit ihm kein Geheimnis und berichtete einem ihrer adligen Freunde in Saint Fargeau, sie habe vor, wieder zu heiraten, sobald die offizielle Trauerzeit vorüber sei. Das Dorf war empört, sowohl darüber, dass, wie man vermutete, das Robineau-Vermögen zwei Fremden zugefallen war, als auch über ihre »Unanständigkeit und Rücksichtslosigkeit«.

Sido beschrieb ihr Witwentum später als einen »schwarzen Schleier und darunter ein Affenlächeln«. Elf Monate nach dem Begräbnis ihres Gatten, am 20. Dezember 1865, schloss sie mit ihrem Geliebten im Rathaus die Ehe. Die Eltern des Hauptmanns waren zu dieser stillen standesamtlichen Zeremonie aus Toulon gekommen und begegneten der Braut wahrscheinlich zum ersten Mal.

Zehn weitere Monate vergingen – sie wurden ohne Zweifel an jeder Hand im Dorf rückwärts gerechnet – bis zur Geburt von Sidos zweitem Sohn Léopold Jean, der von der Familie Léo genannt wurde und von seiner Mutter *lazzarone* – Faulpelz.

Nur ihre Liebe zum Luxus und ihr Hang zum Schuldenmachen, sowie das Geschick, die Feindseligkeit des Provinznestes auf sich zu ziehen, blieben, sonst endete die Ähnlichkeit zwischen Madame Bovary und Madame Robineau mit Sidos zweiter Heirat. Weder fiel sie auf eine romantische Liebe herein, noch war sie das Opfer einer romantischen Desillusionierung; sie blieb, um nicht versklavt zu werden, in einem Maße wachsam, wie Colette das nie war. »Ich verstehe nicht, wie man sich ›zum Opfer machen lassen‹ kann [*qu'on se laisse ›victimer‹*]«, schreibt sie Colette anlässlich eines Mordes, den ein Liebhaber am Ehemann seiner Geliebten verübt hatte. »Das ist ein Zustand, den ich nie ertragen hätte.« Die beharrliche Ergebenheit ihres eigenen Gatten ihr gegenüber war ihrer Meinung nach ganz »frivol«, ebenso wie die Liebe in Romanen »höchst langweilig [war ...]«. »Im Leben, Minet-Chérie, da haben die Leute andere Katzen zu braten. Haben all die Verliebten, die du in den Büchern findest, denn keine Kinder großzuziehen, keinen Garten zu bestellen?«

Der Garten war Sidos Metapher für Mutterschaft, und sie war immer entrüstet, wenn ihre menschlichen Pflanzen ihre Wurzeln herauszogen und sie verließen. Sie war Gärtner und Mutter auf französische Art: Es ging ihr mehr um Form und Kontrolle als um Fülle. Ceres selbst hatte nur ein Kind, und die mythische Erdenmutter im Werk von Colette war nie eine Anhängerin großer Familien. Sie besaß die Abneigung des sorgfältigen Handwerkers gegen Massenproduktion, und es bedrückte sie, Frauen mit ihrer fruchtbaren Brut »schludriger« Sprösslinge zu sehen. Wenn Colette dagegen einwandte, dass sie schließlich vier solche hatte, antwortete Sido voller Wärme: »Entschuldige! Ich habe zwei Männer gehabt. Ich bin also nur zwei Mal die Mutter von zwei Kindern.«

Doch das Aufziehen von Kindern und das Bestellen des Gartens war für diese kraftvolle Person, die ihrer Zeit dreihundert Jahre voraus war, nie genug. Nach der Geburt von Léo, dem ersten offiziellen Colette, wartete Sido sieben Jahre, bevor sie ein weiteres Colette-Kind gebar. Vielleicht hatte sie zu diesem Zeitpunkt verstanden, dass keiner ihrer drei Nachkommen ihr, auch nur mittelbar, bei der Schaffung einer »neuen gesellschaftlichen und erotischen Ordnung« helfen würde. Die eine war eine wunderliche und launische pubertierende Tochter und die beiden anderen schwer fassbare männliche »Wilde«, die Sidos Überzeugung – rein in der Theorie, ambivalent in der Praxis und ihrer Zeit weit voraus – auf die Probe stellten, wonach eine besitzergreifende Mutter eine Katastrophe ist und die einzige Mutterliebe, die diese Bezeichnung verdient, eine Liebe ist, die loslässt.

3. KAPITEL

Könnte ein Kind von seiner Kindheit erzählen, während es sie erlebt, bestünde sein Bericht vielleicht nur aus einer Reihe vertrauter Dramen und Enttäuschungen. Aber es schreibt erst, wenn es erwachsen ist. Dennoch glaubt es, die Erinnerungen seiner Kindheit unverfälscht bewahrt zu haben. Ich misstraue sogar meinen eigenen.
Colette, Belles Saisons

I

Der Geist des Zweiten Kaiserreichs ist in einer Zeile von Zolas Arbeitsnotizen zu *Nana* enthalten, in der »der philosophische Gegenstand [des Romans] folgendermaßen bestimmt wird: Eine ganze Gesellschaft stürzt sich auf die Möse«. Zola macht Nanas »Möse« zum Symbol für alles Degenerierte im Staatswesen: mit seinem neuen Geld, dem vulgären Konsum und den fremden Einflüssen; mit einer Aristokratie, die drauf und dran war, Ehre, Religion und Weisheit preiszugeben, ja geradezu um ihrer fleischlichen Gelüste willen Selbstmord zu begehen; mit einem Proletariat, das durch Armut, Alkohol und schlechte Gene abgewertet und darauf erpicht war, seine Unterdrücker zu verderben; mit einem parasitären vierten Stand (der Presse), der von den Ausschweifungen der gehobenen Pariser Gesellschaft profitierte und deren Bacchanten anstachelte, sich in den Ruin zu stürzen.

Das Zweite Kaiserreich brach mit dem Deutsch-Französischen Krieg von 1870/71 zusammen, ein hoffnungsloses Vabanquespiel mit katastrophalen Folgen für Napoleon III., der seinen Thron verlor, und für Frankreich, das nicht darauf vorbereitet war, gegen eine Armee zu kämpfen, die ihm in jeder Hinsicht überlegen war: in den Waffen, der Führung, der Strategie und in ihrer Moral. Auf die Niederlage in Sedan folgte ein Bürgerkrieg, fünf Millionen Francs Kriegsentschädigung mussten gezahlt werden, das Elsass und ein Teil von Lothringen gingen verloren und – im Bewusstsein vieler Franzosen – ein unschätzbarer Teil ihrer Männlichkeit und Ehre. Der Nachhall dieser Demütigung sollte Colette, wenn auch hinterrücks, tief treffen.

Zwei Jahre später, im Alter von siebenunddreißig Jahren, empfing Madame Colette ihr letztes Kind. Am Ende ihrer Schwangerschaft war sie »rund wie ein Turm«. Ihre Wehen dauerten »drei Tage und zwei Nächte«, was eine schmerzhafte Geburt und vielleicht ein sehr großes Baby erwarten ließ. Sie endeten am 28. Januar 1873, gegen zehn Uhr abends mit der Geburt einer Tochter: Sidonie-Gabrielle.

Sido erzählte Colette später, »dass Kinder, die so hoch getragen werden, […] immer sehr geliebte Kinder sind, weil sie so nahe dem Herzen der Mutter wohnen und sie nur ungern verlassen wollen«. Colette war damals vierzehn und hatte gerade einen verbotenen Roman von Zola gelesen – wahrscheinlich *Pot-bouille* – eines der wenigen Bücher, die ihre Eltern für ungeeignet erachtet und weggeschlossen hatten. Er enthielt eine plastische Beschreibung einer Geburt, und sie war zu Sido gelaufen, damit diese ihr die Bilder von »aufgerissenem Fleisch, Exkrementen, schmutzigem Blut« vertreibe. Doch die Antwort der Mutter trug nicht dazu bei, ihren Schrecken zu mindern. Sido sagte nur, sie habe ihre Schmerzen nie bereut. Wie Colette, die selbst gelegentlich an blutrünstigen Einzelheiten Gefallen fand – dem Dolch im Augapfel –, besaß Sido einen Anflug »himmlischer Grausamkeit«, worunter Colette einen unversöhnlichen Realismus verstand. Sie weigerte sich, aus der Unschuld ihrer Tochter einen Kult zu machen.

Sidos Hebammen waren so abgelenkt, schreibt Colette, dass sie vergaßen, das Feuer zu schüren, und »da ich blau und stumm auftauchte, hielt es keiner für nötig, sich um mich zu kümmern«. Das »halb erstickte« Kind widersetzte sich ihrer Gleichgültigkeit und bewies »einen ausgeprägten Willen zu leben«. Das Interessanteste an diesem dramatischen, wenn nicht dubiosen Bericht über Kälte und Vernachlässigung ist, dass er es Colette erlaubt, ihr Überleben allein sich selbst zu verdanken.

Die Beinahe-Tragödie dieser Niederkunft hielt nicht lange an. Sido erholte sich, und der Säugling gedieh. Wenn Colettes berühmter unstillbarer Hunger nicht mit ihr geboren war, dann wurde er jetzt geweckt, wenn nicht gar erzwungen. »Der Liebhaber mag sich mit der Eintönigkeit des Liebesspiels abfinden«, schrieb Colette später in einem Aufsatz über Kinderernährung, »das junge, edle Kind hingegen akzeptiert nicht einmal die Routine des täglichen Frühstückseis. Ohne Diplomatie und Einfallsreichtum wird es einem nicht gelingen, ein Kind dazu zu verführen, sich nähren zu lassen«. Füttern und Verführen waren für sie immer Synonyme.

Ihre Mutter stillte sie eine Zeit lang, dann überließ sie diese Aufgabe einer Amme namens Émilie Fleury, die Colette in den *Claudine*-Romanen als Mélie verewigen sollte, die Kinderfrau ihrer mutterlosen Heldin. Colette vergötterte diese schöne und gutmütige Leibdienerin und kommandierte sie herum, wie Kleinkinder das tun, obwohl Mélie auch »für ihr erstes Leid im Herzen wie im Magen verantwortlich war: das Abstillen«.

> Wie soll ich das erklären, so dass [die Szene] vollständig und farbig bleibt? Nichts ist mir entfallen: die quadratische Küche, die Töpfe aus rotem Kupfer, der Leinenbesatz an den Küchenschränken vor dem uralten Brotkasten … zwei massive Mahagonistühle, die aus dem Speisezimmer verbannt worden waren, in lyrisch-goti-

> schem Stil, wie man ihn in der Epoche der Restauration liebte … Die Schuldige, die Verräterin, meine Amme Mélie, saß auf einem dieser Stühle, öffnete ihre Bluse und befreite ihre einzigartige Brust, weiß und blau wie ihre Milch, rosa wie die Erdbeere, die die Leute »Juni-Schönheit« nennen. Ich lief zu ihr, flink auf meinen sechzehnmonatigen Beinen und aufrecht stehend lehnte ich mich über ihre Knie, verschmähte mich zu setzen, denn ich saugte, Mélie versicherte mir »wie eine Große« … Was für ein Grauen! Die himmlische Brust war mit Senf bestrichen worden!
>
> Nicht wegen meiner brennenden Lippen weinte ich so lange. Ich weinte, weil angesichts meiner Tränen, die über ihren weißen Hals rannen, den Hals einer schönen blonden Frau, der jünger war als ihr sonnengebräuntes Gesicht, Mélie, meine Sklavin, die Quelle meiner größten Glückseligkeit, Mélie, doppelt Verräterin, lachte …

Der Verräterin wurde vergeben, sie wurde die Köchin der Familie, obwohl sie nie aufhörte, Colettes »hundetreue, blondhaarige und weiße Sklavin« zu sein. Ebenso wenig hörte Colette auf, das Gefühl der Glückseligkeit mit üppiger weiblicher Geschmeidigkeit und mit der Lust zu beherrschen zu verbinden – einer Lust, die für sie mit zunehmendem Alter immer reiner wurde und auf die sie wie ein Kind Anspruch erhob.

Aber Colettes Mutterbild war in ihren ersten Lebensjahren in zwei Gestalten aufgespalten, wobei Mélie, die Sklavin, einen wunderbaren Gegenpart in Sido, der Herrin, hatte. Colettes Mutter war bei »allem Humor und aller Spontaneität« eine Pedantin in Kontrolle, Sauberkeit, Enthaltsamkeit und Gehorsam. Sie lehnte es ab, mit Säuglingen zu schmusen oder sie zu liebkosen, mit der Begründung, dass die menschliche Berührung ihre »intakte« Schönheit »welken« lassen könnte. Sie schalt Gabrielle wegen ihrer

Gier, ihrer Frechheit oder auch wegen ihrer Schüchternheit auf »mütterliche, das heißt verletzende Weise«. Gefühlsausbrüche waren verboten; die Tränen ihrer Kinder hielt sie für »mutwillig«; sie brachte ihnen bei, »vor allen anderen Dingen leise« zu sein. »Glücklich auszusehen«, schreibt Colette über ihre Familie, »war unsere höchste Höflichkeit gegeneinander«.

Sido rühmte sich ihrer Fähigkeit, Haustiere und Kinder abzurichten. Ihre Kätzchen machten niemals den Boden schmutzig, und »ihr alle vier«, sagte sie stolz zu Colette, »hattet gelernt, ebenso sauber zu sein. Nie habt ihr ins Bett gemacht.« Sie war ebenso besitzergreifend hinsichtlich der Körper ihrer Kinder, wie sie hinsichtlich ihrer Empfindungen »überbesorgt« war. Die Haare ihrer Tochter zum Beispiel waren *ihr* »Meisterwerk«, und sie beklagte sich bitterlich, als Colette – als Frau von dreißig Jahren –, ohne ihre Genehmigung einzuholen, ihre Haare kurz schneiden ließ.

Colette bemerkte, ihre Mutter habe »durch Wände hindurchsehen« können, und sie selbst habe wahrscheinlich ihre eigene Kunst der Undurchschaubarkeit entwickelt, um Sidos Gedankenlesen zu vereiteln. Sie selbst war ebenso, wenn nicht gar noch besitzergreifender gegenüber ihrer eigenen Tochter. Als das fünfjährige Mädchen die Treppe hinunterfiel und sich dabei das Gesicht zerkratzte, gab Colette ihr »ein paar Ohrfeigen« und den Verweis: »Ich werde dich lehren zu zerstören, was ich gemacht habe.«

Mutterliebe ist irdisch und daher unrein. Mag sein, dass in Sidos Dominanz eine Grausamkeit lag, boshaft war sie jedoch nicht. »Sie, die nur geben wollte«, nennt Colette sie einmal. Doch ihre große Wärme und Einfühlsamkeit, verbunden mit ihrer ausgeprägten Vorliebe zu unterdrücken, verwirrte alle ihre vier Kinder und schadete ihnen in unterschiedlichem Maße. Die Jungen wurden zu verschlossenen Vagabunden. Léo blieb immer heimatlos und war zeitweilig selbstmordgefährdet und depressiv. Achille besaß einen Anflug von Sadismus; er marinierte und grillte einmal den kleinen Hund der Familie und versuchte ihn als Sonntagsmahl zu servieren. Juliette zog sich in ihre Fantasiewelt zurück, dann rächte sie sich, indem sie die Familie an den Rand des Ruins brachte. Wohl weil sie sich so immens schuldig fühlte, versuchte sie kurz darauf, Selbstmord zu begehen. Sidos Wesen, mit seiner Gewaltsamkeit und Überlegenheit, flößte Colette Furcht ein, so dass es ihr ein Leben lang schwer fiel, Intimität mit einem anderen Menschen anders denn als eine Wahl zwischen Unterwerfung und Dominanz zu verstehen.

Wie alle Menschen wiederholte Colette ihre frühesten Erfahrungen der Abhängigkeit in ihrem erwachsenen Sexualleben. Immer gab es einen Sklaven – manchmal Colette, manchmal ihr Liebhaber –, der tat, was das Kind befahl, der die kindliche Gier befriedigte, die kindliche Wut auffing und der ausgebeutet werden konnte. Und es gab einen Gebieter, der die verführerische Macht besaß, einem etwas vorzuenthalten, einen zu strafen und zu belohnen. Ihr Leben lang verbanden sich bei Colette ein Allmachtsideal und die Vorliebe zu tyrannisieren mit der gleichermaßen isolierenden Überzeugung, sie sei ein hilfloser Sklave.

2

»Gabri«, das von der Familie abgöttisch geliebte Baby, war ein entzückendes Wesen mit erst blauen, später graugrünen Augen – *les yeux pers*, blaugrüne Augen, sagen die Franzosen. Die Mutter machte viel Aufhebens von Gabris goldblonden Haaren, die ins Rostrote changierten und die sie mit Rum und Eidotter wusch und stundenlang bürstete. Die Haare wuchsen zu einem rapunzelartigen Zopf, der im Dorf und später in Paris berühmt war. Sido war stolz, dass ihre Tochter schon mit acht Monaten sprach und »mit einem Jahr sang«; offenbar hatte sie von ihrem Vater die Liebe zur Musik und die Neigung, sich von ihr forttragen zu lassen, geerbt, worin, wie sie zugab, eine Gefahr für ihre Ausdrucksweise lag.

Baby Gabrielle hatte eine ganze Sammlung von Kosenamen. Sie war Sidos Minet-Chéri (ihr liebes Kätzchen), ihr Sonnenschein, ihre Schöne, ihr goldenes Juwel und hin und wieder ihre *pauvre toutou blanc*, ihr armes weißes Junges. Ihr Vater nannte sie romantischer und weniger vertraut Bel-Gazou, was auf provenzalisch »süßes Plappern« hieß, und das war auch der Spitzname, den sie ihrer eigenen Tochter und Namensschwester, Colette de Jouvenel, vermachte.

Colettes erstes Jahrzehnt war für ihre Eltern eine Zeit des Wohlstands. Die Familie besaß *un banc de notable*, eine Ehrenbank in der Kirche, die sie auch in Anspruch nahm, obwohl Sido eine erklärte Atheistin war, die hinter ihrem Messbuch gern Corneille las. Am Neujahrsmorgen verteilte Mademoiselle Gabri im vollen Bewusstsein ihrer eigenen Wichtigkeit Brot und kleine Münzen unter die Armen, die diese Gaben, wie sie feststellte, »ohne Demut und ohne Dankbarkeit« entgegennahmen. Sido verhielt sich großzügig gegenüber den Bedürftigen und besonders gegenüber ihren Kindern. Sie speiste Landstreicher an ihrer Küchentür und schockierte das Dorf, indem sie zwei Mal unverheiratete, schwangere Dienstmädchen anstellte (darunter Mélie). »Eine schwache Moral? Mein kleines Dorf hielt sie für schwach, diese Moral, die ihm« – und darauf war Colette stolz – »zu hoch hing.« Trotzdem reagierte Sido immer recht bissig, wenn Colette für die Dorfidole aus der Arbeiterklasse und deren Aufmachung schwärmte. Dann warf sie die kurzzeitige Begeisterung ihrer Tochter für den Katechismus-Unterricht und für die Feste der Heiligen Jungfrau mit ihrer Leidenschaft für die Hochzeiten des Dienstpersonals in einen Topf.

Wie die meisten Angehörigen ihrer Gesellschaftsschicht, gaben die Colettes ihre älteren Kinder in ein Internat in der Kreisstadt, in diesem Fall nach Auxerre. Juliette lebte in einer teuren

Pension für junge Damen, wo sie Malen und das Anfertigen von *Broderie anglaise* lernte. Achille und Léo waren in einem spartanischen College untergebracht, dessen Strenge sie »in stummem Hass« erduldeten und von wo sie »schmutzig und voller Flohstiche« zurückkamen. Die Folge war, dass Gabrielle, das »Prinzesschen«, lange Zeit als Einzelkind zu Hause war.

In jenen glücklichen Tagen besaß die Familie noch eine eigene Kutsche – ihre blaue Viktoria. Sie hielt sich mindestens drei voll angestellte Dienstboten und zusätzlich eine Teilzeitwäscherin, so dass Madame Colette sich den feineren Dingen des häuslichen Lebens widmen konnte: der Gartenarbeit, der Wohltätigkeit und ihrer Mutterschaft. Sie meinte, ein Kind solle mit drei Jahren lesen lernen, und neben dem Alphabet und dem Wiegen brachte sie ihrer Tochter das Sticken bei. Sie überwachte den jahreszeitlich bedingten, umfangreichen Hausputz, der auf dem Land üblich war, wobei sie gegen Motten in den Wollsachen lieber lebendige Spinnen einsetzte als Kampfer. Sie trocknete Veilchen und Kamille für Aufgüsse und fädelte die Pilze auf, die Colette im Wald sammelte. Sie kochte Obst ein, setzte Fruchtlikör auf und war besonders stolz auf ihren Cassis. In der Kühle ihrer Molkerei schöpfte sie Käse und fertigte aus ihrer selbst gemachten, herrlichen Butter den Teig für ihre *Tartes au citrouille*.

Sidos größte Freude und ihr Refugium war jedoch der Garten. Ihre Blumen waren berühmt, sie hatte eine Schwäche für grellrote und violette Blüten. Sie züchtete Hibiskus und gefüllte Veilchen, und ihre Rosen trugen so unanständige Namen wie *cuisse-de-nymphe-émue* (Schenkel der erwachten Nymphe). Wenn sie ihre Ableger mit dem »alten Cèbe« nebenan teilte, dann tat sie das ungern für solche Banalitäten wie katholische Prozessionen oder Dorfbegräbnisse. »Niemand hat meine Rosen dazu verurteilt, gleichzeitig mit Monsieur Enfert zu sterben.« Solche Ausdrucksweisen haben wir häufig Colette zu verdanken, die imstande war, eine einzige Briefzeile ihrer Mutter zu einem mehrseitigen Dialog auszuarbeiten. Aber Sido war durchaus zu derartig geschliffenen Äußerungen und solch heidnischer Entrüstung imstande.

Schon als Kind hatte Colette sich über die zwei verschiedenen Gesichter ihrer Mutter gewundert. Ihr »sorgenvolles Hausgesicht« drückte demütige Fürsorge und »die Last für Mann und Kinder aus, die an ihr hingen«. Ihr »glanzvolles Gartengesicht« schimmerte in »wilder Freude, eine Geringschätzung für die ganze Welt, eine unbekümmerte Verachtung, die mich zusammen mit allem anderen fröhlich verschmähte«. Diesen Schimmer, so glaubte Colette, entfachte der Drang, allem und jedem zu entfliehen, sich an einen fernen Ort zu begeben, der nur ihr zur Verfügung stand.

Auch Colette wurde eine passionierte Gärtnerin. Dass sie nie eine gute Hausfrau wurde, lag zum Teil an Sido. Sie hatte nicht den Ehrgeiz, ihrer Tochter die stumpfsinnige Plackerei beizubringen. Was Colette aus ihrer Haushaltserziehung behielt – vieles davon verdankte sie Mélie –, war ein Fundus an Kenntnissen über Nahrungsmittel, den sie in köstlichen Homilien an ihre weiblichen Leser weitergab, zudem eine tief sitzende Ordnungsliebe, die durch nichts in ihrem Leben, nicht durch Krieg, Leidenschaft, Scheidung, Vagabundieren oder literarisches Ansehen, zu beirren war.

Aber das Aufblitzen von Trotz, das Colette in Sidos Gartengesicht sah, entflammte das Licht für ihr Schreiben. Es hatte ihr schon früh gezeigt, dass die häuslichen Belastungen einer Frau nicht mit ihrer schöpferischen Freiheit vereinbar sind. Und mit Sidos Ermutigung verweigerte sie jene Aspekte von Sidos Erfahrung, die sie bei ihrer Mutter als erniedrigend, beengend oder aufopfernd empfand – einschließlich der Mutterschaft selbst.

»Von ihr habe ich nicht gelernt«, schrieb Colette im Alter, »dass zwischen Müttern und Kindern eine immer gleiche und unbeugsame Liebe besteht, die man heilig nennt und die nur unter Verwünschungen und schimpflichem Aufsehen zerbrechen kann. Ganz im Gegenteil, sie entfernte mit entschiedener Hand alle

Früchte solcher Lehren, die mir in der Schule oder aus meiner Lektüre zugewachsen waren.«

3

Im Jahr 1879 war die sechsjährige Colette eine kleine wilde Range mit zwei blonden Zöpfen wie »Zügel« oder »Peitschen«, einem »wohlgestalteten kleinen Körper«, der ihr große Freude bereitete; meistens mit schmutzigem Gesicht, von dem Sido sagte, dass es schön sei, obwohl »meine Mutter und die Bilder von mir aus dieser Zeit nicht immer übereinstimmen«. Sie kam im Oktober in die Schule, in einem schwarzen Trägerkleid, das sie »wie ein Sack« einhüllte, und Schnürstiefeln mit genagelten Sohlen, die ihr beim Manövrieren auf jenen Schwindel erregenden Straßen halfen, die erst von den Blättern, dann vom Eis und später vom Schlamm glitschig waren. In jenem Winter türmten sich die Schneewehen höher, als sie selbst groß war, erinnerte sie sich. Die Kinder brachten Fußwärmer aus Metall mit in die Schule, die sie mit glühenden Kohlen füllten. Manchmal rösteten sie Kartoffeln darin. Ihr Geruch und ihre Hitze machten sie müde.

Die Mädchen waren in zwei »unglaublich hässlichen, schmutzstarrenden Räumen« im Erdgeschoss des alten Schulhauses untergebracht. In *Claudine erwacht* beschreibt Colette ihre Mitschülerinnen als Töchter von Krämern, Bauern, Polizisten und Arbeitern, »allesamt ziemlich ungewaschen«. Ihre erste Lehrerin war »die alte Miss Fanny [Desleau]«, »ein körperloses Phantom«; sie liebte es, Stellen aus der Bibel zu deklamieren und dabei mit dem Lineal auf ihren Tisch zu schlagen. Im folgenden Jahr wurde sie von Madame Viellard ersetzt, der Frau eines Tischlers, die »über die Disziplinlosigkeit« ihrer ausgelassenen, lärmenden Schülerinnen »Tränen vergoss«. Diese hoben überall im Schulhof kleine Gruben aus, in die sie ihre Murmeln rollen ließen; sie verwüsteten einen Nachbargarten, machten Klingelstreiche und versteckten sich dann; sie kletterten in ihren schwarzen Kitteln auf Bäume und ließen dabei ihre Beine sehen. Colette war die Anführerin dieses Unfugs. Aber Madame Viellard behandelte sie mit dem Respekt, der der Tochter eines reichen Mannes gebührte, und ließ zu, dass sie einer Klassenkameradin ein oder zwei Sous dafür bezahlte, dass diese an ihrer Stelle den Raum auskehrte.

Die Franzosen hatten (und haben auch heute noch) eine sechstägige Schulwoche mit einem freien Donnerstagnachmittag. An diesen Nachmittagen traf sich Colette mit ihren Freundinnen in Sidos Garten, wo sie fünf Stunden lang wilde und großmäulige Spiele spielten, in denen sie die groteskesten Dorfbewohner nachahmten und einander beim Kartenspiel betrogen. »Aus sechs Kindermündern strömte aller Schmutz einer Armenstraße«, schreibt Colette. »Scheußliches Geschwätz aus Gaunerei und niedriger Liebe.«

Wenn sie der Nachahmung müde waren, besprachen sie ihre Zukunft. »Eine Art resignierter Weisheit, eine dörfische Angst vor dem Abenteuer und der Fremde fesseln die Kleine des Uhrmachers, die Töchter des Krämers, des Metzgers und der Plättfrau schon im Vorhinein an das elterliche Geschäft. Wohl hat Jeanne erklärt: ›Ich werde Kokotte!‹ Aber das, denkt Minet-Chérie verächtlich, das ist doch nur Kinderei … Da in ihr kein besonderer Wunsch lebendig ist, hat sie ihnen, als die Reihe an sie kam, im Ton der Verachtung zugerufen: ›Ich, ich werde Matrose! …‹ Denn sie träumt manchmal davon, ein Junge zu sein und Hosen und eine blaue Mütze zu tragen.«

»An Schulkameraden meinesgleichen hat es mir immer gefehlt«, klagt oder prahlt Claudine in *Claudines Mädchenjahre*. Und die Stimme, die den Roman erzählt, ist die eines jungen Mädchens, das die kleine Welt vorsichtig kritisiert und amüsiert betrachtet, eine Welt, die sie inszeniert, mit der sie spielt und von der sie weiß, dass es nicht die ihre ist. Wie sehr Colette auch für diesen

Ort schwärmt und sich als eine Frau versteht, die »in das Dorf gehört, aus dem sie kommt«, entwickelte sich ihre Persönlichkeit doch in der Überzeugung, »ein Sonderfall« zu sein und sich diesem Dorf und seinen Bewohnern überlegen zu fühlen. Sie sollte sich immer einer Bemerkung erinnern, die eine Lehrerin ihr zu einem Aufsatz schrieb: »Fantasievoll, aber man spürt einen Hang zu absichtlichen Sonderlichkeiten.«

Ihre Brüder teilten diesen »Hang zu absichtlichen Sonderlichkeiten« mit ihr, und Colette beschreibt, mit welchem Vergnügen sie einen Schulkameraden quälten, der die Unverschämtheit besaß, sich »leidenschaftlich zu ihnen hingezogen« zu fühlen, und der das Pech hatte, ein »banales Menschenkind [zu sein], das von nichts verdüstert wurde«. Der Stolz, mit dem Colette und ihre Brüder ihre Einzigartigkeit – und Düsterkeit – hervorkehrten, scheint von ihrer Mutter noch genährt worden zu sein, hielt sie es doch »für natürlich, ja sogar für unumgänglich […], Wunder in die Welt zu setzen«. Ihre eigenen Beziehungen zu den Dummköpfen im Dorf (all jenen unerträglichen Leuten also, die, wie sie das ausdrückte, an die Hölle glauben) waren bestenfalls oberflächlich herzlich, und sie und der Hauptmann wurden, wie die Berichte von Crançon nahe legen, als Emporkömmlinge, sogar als Paria angesehen. Eine Nachbarin »spie« dreißig Jahre lang »Gift und Galle« auf sie, wie sich Sido erinnerte, eine andere genoss es, ihnen anonyme Briefe zu schreiben. Juliette unterscheidet sich von Colette darin, dass sie sich von der Idealisierung des Ungewöhnlichen löst (oder sie aufgibt). Und wenn Colette ihre »Scham« an Juliettes Hochzeitstag beschreibt, als sie sah, wie das Gesicht ihrer Schwester »einen ohnmächtigen Ausdruck … der Unterwerfung« annahm, so rührt diese Scham zum Teil daher, dass Juliette sich dem Dorf in Gestalt eines Mannes unterwirft.

Das französische Geistesleben ist auf seine Weise ein ebensolches Provinznest – rivalisierend, klatschsüchtig und eintönig. Colette sollte in diesem Nest einen Platz einnehmen, der dem ihrer

Mutter in Saint-Sauveur nicht unähnlich ist. Sie verweigert die Assimilation; sie bleibt gegenüber den Eigentümlichkeiten, Streitereien und Sitten ihrer Nachbarn gleichgültig; sie stellt sich außerhalb von deren Kultur und beharrt auf ihrer Einzigartigkeit: »Ich war die Einzige meiner Art, die einzige Schriftstellerin, die in die Welt gesetzt worden ist, damit sie nicht schreibt.« Auch wenn sie sich für den Kirchgang fein macht und ihre *banc de notable* einnimmt, tut sie das als eine Ungläubige, ungläubig gegenüber der Religion der Literatur (von der die Politik nur eine Untergruppe ist), ungläubig auch gegenüber den Göttern der Männer im Allgemeinen.

Der Sommer war für die Kinder eine gemächliche Jahreszeit. Die Hitze erzitterte auf den Straßen über dem kochend heißen Kies, und der Garten war in gelbes Licht getaucht. Colettes Brüder kamen von der Schule nach Hause und gingen ihrem bezaubernd verrückten Zeitvertreib nach, von dem sie Colette meist ausschlossen. Sie versteckten sich vor der Mutter auf den Bäumen im Garten, wo sie unmäßig viel lasen. Oder sie flohen in Wald und Wiesen, wo sie Schmetterlinge jagten; manchmal geruhten sie Colette dazu mitzunehmen. Von ihnen lernte sie früh, die Blumen zu bestimmen.

Alle drei Colette-Kinder waren musikalisch begabt. Unter den Erbstücken von Robineau befand sich ein Auger-Piano. Colette nahm Klavierstunden und wurde eine ausgezeichnete Pianistin, obwohl sie später nur selten und dann nicht besonders bereitwillig ihr Können vorführte. Léo war unbestritten das musikalische Genie der Familie. Er hatte das absolute Gehör und konnte ebenso leicht eine Schubert-Sonate vom Blatt spielen wie Lieder wiedergeben, die er bei einem Gesangsfest im Dorf gehört hatte.

Aber irgendetwas war eigenartig an Léo. Er liebte es, Uhren auseinander zu nehmen, und er baute am Ende des Gartens einen Friedhof aus Pappe, wobei er jeden Grabstein genauestens mit einer Inschrift und der Genealogie der imaginären Leiche versah. Sido, die sich ihr Leben lang über Léos morbide Verträumtheit Sorgen machte, war entsetzt, als sie diese Totenstadt zwischen ihren Rosen entdeckte, und zerstörte sie »mit einer ärgerlichen Hacke«. Er protestierte nur Colette gegenüber: »Findst du nicht, dass ein Garten ohne Grabsteine traurig ist?«

Léo wurde nie erwachsen und wollte es offenbar auch nicht werden. Er studierte Pharmazie, fristete aber sein Leben als bescheidener Büroangestellter in einer Arbeitervorstadt von Paris, weil das, wie Colette sagte, eine Tätigkeit war, bei der er den Kopf frei behielt für seine infantilen Tagträume, während sein Körper am Tisch saß und »fälschlich wie ein Mann aussah«. Der Mann war wie der Junge genügsam, koboldhaft, ungepflegt, depressiv und »nur seinem Heimatort verbunden«.

4

Jules Colette hatte ebenso donquichottische Züge wie sein jüngster Sohn. Er verbrachte den größten Teil seines Lebens auf dem Land, ohne jemals sagen zu können, was für Bäume in seinem Garten stehen. Er versicherte Sido, er könne beim Abfüllen des Weins an Korken sparen, und der Wein wurde binnen sechs Monaten schlecht. Der Schwiegersohn eines Schokoladenfabrikanten, so stellte Sido fest, versagte bei der Schokoladenherstellung ebenso wie bei der Beseitigung der Schädlinge im Küchengarten. Er konnte den Hund der Familie nicht dazu erziehen, ihm zu gehorchen, und er hatte sogar Schwierigkeiten, die widerspenstigen Seiten der Abendzeitung unter Kontrolle zu halten. »Was immer du anrührst, schwindet wie Balzacs *Peau de chagrin*«, sagte Sido zu ihm mit der ihr eigenen vernichtenden Offenheit.

Die Vorgesetzten des Hauptmanns kritisierten seinen mangelnden Eifer als Steuereinnehmer, und 1880 kündigte er seinen langweiligen Job, den er so vernachlässigt hatte, um für den Landrat zu kandidieren. Sein Patriotismus, seine Kriegsverletzung und seine Orden waren das Einzige, was er seinen potenziellen Wählern zu bieten hatte. Colette beschreibt seinen Wahlkampf: Er reiste durchs Land, predigte in Landschulhäusern gegen den Alkoholismus, gab »instruktive« Lesungen und Laterna-magica-Vorführungen über Naturgeschichte, Physik, Chemie und Geografie, die seine bäuerlichen Zuhörer unendlich langweilten. Nachher lud er den »Bürgermeister in Clogs« und die Mitglieder des Stadtrates in die Kneipe am Ort ein. Er selbst enthielt sich des Alkohols, ließ aber seinen Wahlkampfmanager, die achtjährige Colette, sich mit einem Fingerhut Wein »aufwärmen« und ihre Landsleute mit einem rustikalen Toast in jenem örtlichen Dialekt bezaubern, der ihm selbst, dem Kandidaten, nicht zur Verfügung stand.

In der ersten Wahlrunde verlor Colettes Vater sowohl gegen den Bonapartisten als auch gegen seinen republikanischen Rivalen, Dr. Merlou, von dem wir noch hören werden. In der zweiten Runde gewann Merlou mit 1460 Stimmen gegen zehn Stimmen für den Hauptmann. Diese vernichtende Niederlage hätte ihn entmutigen müssen, tat das aber nicht. Während das Dorf sich hinter seinem Rücken über ihn lustig machte, bereitete er mit noch mehr Laterna-magica-Vorführungen und Vorträgen über Geografie seine Kandidatur für die Bürgermeisterstelle vor. »Er ist unbeliebter, als je zuvor«, schrieb Madame de Saint-Aubin an ihren Sohn. »Den Arbeitern entgeht nicht die Absurdität [seiner Machenschaften]. […] Im Grunde seines Herzens weiß Monsieur Colette sehr wohl, dass das alles eine Farce und ein Witz ist – er sagt genau das –, aber er möchte unbedingt etwas sein.«

Jules Colette scheint das Modell für die männlichen Nebengestalten in den Romanen seiner Tochter abgegeben zu haben, die zu nichts anderem taugen als für die Liebe und schließlich vielleicht nicht einmal für sie. Auch in seiner Karriere als Vater hatte er versagt, und die Kinder, sagt Colette, betrachteten ihren Vater mehr als einen weiteren konkurrierenden Bruder denn als Elterninstanz. Er kümmerte sich nie um ihre schulischen Dinge oder darum, wo sie sich aufhielten. Er küsste sie nie. Er besaß seine eigenen Spielsachen, Gegenstände, die sie begehrten: Federn, feine Papiere und Siegelwachs; manchmal teilte er sie mit ihnen, aber häufiger schloss er sie fort. Die Jungen wussten, dass sie ihn, wenn sie sich eine kleine Zuwendung sichern wollten, wie einen älteren Bruder um Zigarettengeld bitten mussten.

Colette begründet das »geringe Interesse« des Hauptmanns an ihnen mit seiner ausschließlichen Leidenschaft für ihre Mutter. Aus dieser Leidenschaft schloss sie, dass ältere Frauen unwiderstehlicher waren als ihre jüngeren Rivalinnen. Das war keine ganz ungesunde Ansicht, in die sie selbst investieren und auf die sie später zurückgreifen konnte – in ihrem Leben wie in ihrem Schreiben. Und sicherlich hätte ein allzu verführerischer Vater Schaden anrichten können; aber ein sexuell gleichgültiger Vater hinterlässt einen Schaden ganz anderer Art: Seine Tochter wird sich wahrscheinlich in ihrer Weiblichkeit unsicher oder gar um sie betrogen fühlen, und sie wird bei ihrem Partner jenen väterlichen Halt suchen, der ihr als Kind immer gefehlt hat.

Als Colette klein war, machte es dem Hauptmann Spaß, mit ihr zu toben und sie bis zur Decke hochzuwerfen, was sie herrlich fand. Außer dass er sie zu seinen Wahlkampfreisen durch die Provinz mitnahm – was damit endete, dass eine wütende Sido bei Colette eine Alkoholfahne feststellte –, unternahm er mit der Sechsjährigen eine mehrtägige Reise nach Brüssel und zwei kurze Fahrten nach Paris. Aber Colette sagt, sie erinnere von diesen Ausflügen nur noch die Wanzen in einem der Hotels. Vielleicht war sie, wie sie meinte, der »Liebling« ihres Vaters – doch verband sich damit offenbar nicht unbedingt Liebe. »Wir standen in einem kollegialen Verhältnis zueinander«, schreibt sie. Mit anderen Worten: er war sich kaum bewusst, dass sie ein kleines Mädchen war.

In mancher Hinsicht war das ein Glück. Im Unterschied zu den meisten Töchtern ihrer Generation hatte Colette keinen Vater, der seine Ehre von ihrer Tugendhaftigkeit abhängig machte. Er war zu vergesslich, um besitzergreifend zu sein. Es schien, als fehlte ihm jeder Sinn für Schicklichkeit. Wenn Sido ihn erinnerte, vor Gabrielle seine Zunge im Zaum zu halten, antwortete er: »›Ach, dem Kind macht das nichts aus.‹ Nun gut«, schließt Colette, »zumindest war das aufrichtig.«

Als Claudine aus der Pension in Auxerre wegläuft, wo ihre Klasse während der Prüfungswoche wohnt, droht die Lehrerin, über dieses »empörende Betragen« ihren Eltern Bericht zu erstatten. »Papa? Oh, er wird sagen: ›Gott, ja, dieses Kind ist äußerst freiheitsliebend‹, und voll Ungeduld das Ende Ihres Rapports abwarten, um sich von neuem in die *Malakologie des fresnois* vertiefen zu können.« Claudines Vater interessierte sich für seine Schlangen viel mehr als für sein einziges Kind. Die Tochter, mit der Jules Colette sich nie abgab, um die er auch nie warb und die er nie liebevoll umsorgte, sollte, obwohl sie ihre Freiheit liebte, so weit gehen, diese Freiheit einem reifen Lebemann zu opfern, »angetrieben«, wie sie das ausdrückt, von *»le vice paternel«*.

4. KAPITEL

Ich war noch ein kleines Mädchen und kein ganz unschuldiges, wie man mit dreizehn Jahren eben ist, denn ich beschäftigte mich mit all den Dingen, die nicht zu wissen quälend und die zu entdecken demütigend ist.
Colette, LA MAISON DE CLAUDINE

I

Bevor Mädchen – wenn überhaupt – verrückt auf Jungs werden, pflegen sie leidenschaftliche und oft stürmische Freundschaften untereinander, die die Franzosen *amitiés de pensionnaire* nennen. Sie vergleichen die kleinen Erhebungen ihrer Brüste, wenn sie ihre Brustwarzen hervortreten lassen, und sie messen die Buschigkeit ihres Schamhaars. Wenn sie sich dafür nicht zu fein sind, dann geben sie ihrer ersten Periode einen hübschen, freundlichen geheimen Namen. Wir sagten gewöhnlich: »Mein Vetter aus Rotheim ist zu Besuch gekommen.« Colettes Gast war »Cousin Pauline«.

Wettbewerb und Solidarität zwischen pubertierenden Freundinnen können mancherlei Formen annehmen, zuweilen sind sie gewalttätig, zuweilen erotisch. Das alles hilft den Mädchen, sich über die Veränderungen in ihrem Körper klar zu werden, die den baldigen Verlust ihrer Kindheit und der damit verbundenen Illusionen ankündigen, und es kann gleichzeitig die Entdeckung abfedern, was es anatomisch und kulturell heißt, sich einem Mann hinzugeben. Niemand verstand oder beschrieb besser als Colette die gemischten Gefühle dieses »schwierigsten Alters«, *»l'âge le plus* *trouble*«, wie sie es nennt. Sie beschreibt die »Pubertätsneurosen« (und litt vielleicht selbst daran), die »Gewohnheit, Kreide und Kohle zu knabbern, Mundwasser zu trinken, unanständige Bücher zu lesen und sich Nadeln in die Handflächen zu stechen«. Diese Kasteiungen des Fleisches sind extrem, aber weit verbreitet, besonders bei Mädchen, deren Eltern keinen freien Ausdruck von Gefühlen zulassen. Es ist, als würden sie einen zum Bersten prall gefüllten Behälter anstechen. Mit seinen Körperflüssigkeiten kann ein Teenager deshalb relativ kontrolliert, und ohne unbedingt zu wissen warum, manches von seiner Angst vor Sex, Menstruation, Geburt und mütterlicher Trennung loswerden.

In *Claudine in Paris* spottet die bäuerliche Amme Mélie darüber, wie wichtig bürgerlichen Familien die Jungfräulichkeit sei, und rät ihrer Ziehtochter: »Mach es wie wir ... probier [die Männer] erst aus; auf diese Weise ist der Handel ehrlich und niemand wird an der Nase herumgeführt.« Guter Rat, überlegt Claudine, fügt dann aber hinzu: »Anständige Mädchen ... bleiben so, trotz aller Mélies in der Welt.«

Dank ihrer eigenen Mélie und dank des Landlebens war Colette mit den Umständen der Reproduktion vertraut, und zweifellos hatte sie schon gesehen, wie sich ihre Katzen paarten und Junge warfen. Doch sich die Menschen bei den gleichen Handlungen vorzustellen, scheute sie sich. Der Anblick ihrer schwangeren Schwester erfüllte sie mit »Verwirrung und Empörung«. Nach Zolas Roman fühlte sie sich »leichtgläubig und entsetzt und zugleich in meiner künftigen Weiblichkeit bedroht«. Als sie einmal ihren Vater dabei ertappte, wie er ihrer Mutter glühend die Hand küsste, wandte sie sich verwirrt ab. Ein »ihr selbst unverständlicher Widerwille« überkam sie, als sie sah, wie der Tagelöhner das Stubenmädchen umarmte. Nach einer dieser Dienstbotenhochzeiten, die sie so liebte (ihre Leidenschaft galt dabei nicht dem Tanz oder der Romantik, sondern den Speisen), wies ihre Freundin Julie auf das erleuchtete Fenster des Raumes, in dem die Neuvermählten die

Nacht verbringen würden. »Ich hatte daran nicht gedacht«, schreibt Colette: »Zwischen ihnen wird es jenen dunklen Kampf geben, über den die gewagte Offenherzigkeit meiner Mutter und das Leben der Tiere mich zu viel und zu wenig belehrt haben ... Und dann? ... Ich fürchte mich vor diesem Zimmer und vor diesem Bett [...].« Ihr plötzlicher Impuls war: »Ich möchte zu Mama zurück.«

Wenn Colette von der skandalösen Jugend ihrer Mutter wusste, so gesteht sie das nie ein. Es ist ihr wichtig, die »weit auseinander« stehenden Betten ihrer Eltern zu beschreiben, die Prüderie ihrer Mutter, wenn es zwischen Männern und Frauen um das Zurschaustellen von Reizen oder auch nur von Zuneigung geht. In ihren Beschreibungen von Sido kehrt über die Jahre das Wort »keusch« wie ein Leitmotiv immer wieder. Dass sie ganz allgemein ein Interesse an der sexuellen Reinheit ihrer Mutter – ihrer »angeborenen Unschuld« – hatte, liegt auf der Hand. Auf ihr spezielles Interesse werde ich noch zurückkommen. Aber Colette fasst sie alle einfach zusammen, wenn sie schreibt, der kurze Anblick der beiden Hausangestellten beim Liebesspiel habe bei ihr das Gefühl hinterlassen, »ihr kindliches Vertrauen sei betrogen« worden.

Man muss sich klar machen, dass Colette Sido nur als Frau mittleren Alters kannte, die ihr Korsett gelockert hatte und etwas verfrüht dazu übergegangen war, die Rüschenhaube der alten Damen zu tragen, und die, anders als ihre Tochter später, den Verlust ihrer Jugend und ihres Muskeltonus kampflos akzeptierte. Ein knospendes Mädchen, dessen Mutter die Liebe für »frivol«, wenn nicht gar für unanständig hält, und jede Eitelkeit ablehnt, sieht sich nach einer toleranteren Mentorin um, einer Frau, deren sexuelles Selbstvertrauen und deren Ausstrahlung sie sich zum Vorbild nehmen könnte. Colette musste nicht lange suchen, denn gleich um die Ecke, in der Rue de la Roche, lebte Adrienne de Saint-Aubin.

Adrienne, »verträumt« und »eigenartig«, war die Schwester des Notars Monsieur Jarry. Sie war drei Jahre jünger als ihre Freundin

Sido und hatte vier Kinder, die etwa ebenso alt waren wie die Colette-Kinder; der Jüngste, Saint-Aubin, war nur zwei Monate älter als Gabrielle. Im Scherz hatten die Mütter einmal ihre Säuglinge getauscht, und Adrienne erinnerte Colette gern daran: »Du, die ich mit meiner Brust genährt habe!«, konnte sie mit ihrer rauen Stimme ausrufen. Diese Neckerei ließ Colette heftig erröten, denn sie hatte schreckliche Angst, Sido könnte ihre Gedanken lesen und »das Bild finden, das mich peinigte: Adriennes braune Brust und deren harte, violette Spitzen«.

Colette gibt auch offen zu, dass Madame de Saint-Aubin ihr gefiel, »vor allem, weil sie so durchaus anders war als meine Mutter«. Adrienne war temperamentvoll, boshaft, nonchalant und süffisant. Sie hatte »warme hellbraune Augen«, »natürlich gewelltes Haar« mit einem Moschusgeruch – was sie der erwachsenen Colette bemerkenswert ähnlich macht. Verglichen mit dieser Freundin, musste die arme Sido, die nach »gewaschenem Cretonne« roch, ihr hausbacken und langweilig vorgekommen sein.

Madame Colettes untreue Tochter bewunderte Adriennes betörend unordentliches Haus, das sie heimlich »wie eine Katze« besuchte. Wenn sie hörte, dass ihre Mutter sie von jenseits der Eiben rief, »lief sie sogleich nach Hause« und täuschte Atemlosigkeit vor, als sei sie von weither gekommen. Doch Sido ließ sich nicht hinters Licht führen, und obwohl ihre Freundin, laut Colette, »sich hütete, mich anzulocken oder festzuhalten«, kühlten »so viel Hellsichtigkeit und Eifersucht von Seiten Sidos und so viel Verwirrung meinerseits« die Freundschaft der beiden Frauen ab. Es dauerte lange, bis Colette »eine quälende Erinnerung, eine gewisse Herzenswärme, die feenhafte Verwandlung eines Menschen und seiner Behausung mit dem Gedanken an eine erste Verführung verband«.

2

Während Colette sich davonschlich, um ihr Idol zu besuchen, betrog Juliette Sido mit einer Ersatzmutter ihrer Wahl. Madame Pomié wohnte auf der anderen Straßenseite, gleich neben Adrienne. Ihr Mann war der Dorfarzt und Gemeinderatsmitglied; sie hatten keine Kinder. Sie und Sido waren »Feindinnen« (Madame Pomié war die oben erwähnte Giftschlange). Und vielleicht war Juliette ein Grund ihrer Fehde, denn Sido behauptete, Madame Pomié habe immer ihre Erstgeborene zur Tochter haben wollen.

Dr. Pomié ging 1884 in Pension und verkaufte seine Praxis an einen jungen Arzt namens Charles Roché, der sich noch im selben Jahr mit Juliette verlobte. Die Hochzeit fand am 14. April 1885 statt. Achille und Léo erklärten sich bereit, für die Musik zu sorgen, und entgingen auf diese Weise der albernen Pflicht, die Gäste zu bedienen. Colette »stolzierte in einem rosafarbenen Kleid herum« und genoss alles, außer den »ohnmächtigen Ausdruck der Unterwerfung« im Gesicht ihrer Schwester.

Sido, schreibt Colette, hatte es nicht gewagt, »diese unglückliche Hochzeit zu verhindern«, obwohl »sie kein Hehl daraus machte, was sie von ihr hielt«. Die Gründe für ihre Bedenken 1885 sind – einmal abgesehen von ihrer Aversion gegen Schwiegerverhältnisse und Heiraten im Allgemeinen – nicht klar. Roché war, das stimmt, ein aufgeblasener Widerling, aber er hatte einen respektablen Beruf und irgendwelche hochwohlgeborenen Verwandten, die ein Schloss besaßen, und Juliette war ein sonderbarer Mensch. Einer konventionelleren Mutter – einer Madame Pomié zum Beispiel – wäre er wie ein Geschenk des Himmels erschienen.

Für Madame Roché, die ihren Mann vergötterte, schien die Ehe anfangs weniger »unglücklich« als für die Colettes. Juliette war Erbin, und jeder in Saint-Sauveur wusste wahrscheinlich bis auf den Sou, die Kiefer und das Huhn genau, wie groß ihr Erbteil war oder hätte gewesen sein müssen. Aber das Erbe bestand größtenteils aus Land, und Jules Colette hatte keine Ahnung von Landwirtschaft. Im Laufe der Jahre hatten die Bauern ihn überredet, langfristig in kostspielige neue Geräte und Verbesserungen zu investieren. Um das zu tun, hatte er Geld geliehen, und zwar »zu einem Zinssatz, der jeden anderen abgeschreckt hätte«. Offenbar benutzte er dieses Geld zum Teil auch, um seine politischen Aktivitäten zu finanzieren und um an der Börse zu spekulieren. Es ist leicht zu verstehen, warum des Hauptmanns Tochter Balzac so bewunderte.

Als Juliettes Mutter und Stiefvater den Ehevertrag ihrer Tochter unterschrieben, mussten sie auch ihre Vermögensverhältnisse offen legen und eine Aufteilung des Robineau-Besitzes vornehmen. Zunächst gelang es dem Hauptmann, seine Verluste und Manipulationen zu verheimlichen. Um das Geld für Juliettes Mitgift zusammenzubringen, lieh er einhundertzwanzigtausend Francs von der Bank Crédit Foncier, wobei er die Robineau-Ländereien als Sicherheit benutzte. Aber schon unmittelbar nach der Hochzeit wurde Roché, vielleicht von den Pomiés angestachelt, misstrauisch und verlangte eine Revision der Bücher. Die Colettes lehnten ab. Ihr Schwiegersohn konsultierte daraufhin mehrere Rechtsanwälte und drohte, den Hauptmann wegen »fahrlässig geführter Vormundschaft« zu verklagen. Unter der Qual gespaltener Loyalität schluckte Juliette eine Dosis Gift, und ihr Stiefvater drohte, er werde ihren Ehemann erschießen, wenn dieser Juliette nicht rette. Inzwischen wurde ein Familienrat einberufen, um eine Übereinkunft auszuhandeln. Das Gut wurde neu bewertet, Nachzahlungen wurden geleistet, und Sidos Anteil, zunächst die Hälfte, wurde auf ein Drittel reduziert.

Achille war so wütend über seine Schwester, dass er nie mehr mit ihr sprach und sie auch nie wieder sah. Er war überzeugt, wenn sie nur ein paar Jahre Geduld gehabt hätte, dann hätte alles geregelt werden können. Doch gab es sonst niemanden, der für die arroganten, vielleicht diebischen Verschwender Mitgefühl empfand, die ein Vermögen verspielt hatten, das ihnen gar nicht gehörte. Sogar Sidos Schwägerin Caroline Landoy stellte sich auf Juliettes Seite. »Achilles Haltung in der Sache ist am schlimmsten«, sagte sie ihrer Nichte. »Zu warten hätte nur bedeutet, Monsieur Colette Zeit zu lassen, auch den Rest noch zu verjubeln.« Auch Tante Caro sagte Sido offen ihre Meinung, worüber diese sich ärgerte. »All das übersteigt meine Vorstellungskraft«, schrieb Caro, »und ich habe keine Achtung mehr vor Monsieur Colette und [...] nicht den Wunsch, ihn jemals wiederzusehen.«

Inzwischen hatte Juliette sich erholt und war schwanger. Auf Drängen ihres Ehemannes und der Ersatzeltern hörte sie auf, mit ihrer Mutter zu sprechen, und wenn sie einander auf der Straße begegneten, dann rannte sie davon »wie ein Kind, das sich vor einer Ohrfeige fürchtet«. Das Dorf genoss herzlos dieses Melodrama. »Wir waren«, schreibt Colette, »das einzige Gesprächsthema«.

Verzehrt vom Verlust ihrer Tochter, der Feindschaft ihrer Nachbarn, der Kritik ihrer Verwandten, der Torheit ihres Gatten und dem Gespenst des Bankrotts, begann Sido abzubauen. Sie litt an »nervösen Ohnmachtsanfällen«, Herzklopfen und Übelkeit. »Von alltäglichen und insgeheimen Heldentaten in Anspruch genommen«, schreibt Colette zweifellos mit beträchtlichem Understatement, »war meine Mutter weniger für ihren Garten und ihr jüngstes Kind da.«

3

In jenem Sommer legt Colette die Prüfung für ihren Grundschulabschluss ab. Sie bekam die zweitbeste Note fürs Diktat (eine Stelle aus Victor Hugo über seine Liebe zu Tauben) und die beste in Mathematik. Ihre »einfache Näharbeit« war befriedigend, und im Mündlichen war sie sehr gut. Aber die beste Schreiberin der

Klasse erhielt nur drei von zehn Punkten für ihren Aufsatz, hauptsächlich weil sie keine Ahnung vom Thema hatte: »Deutschlands alter Anspruch auf Burgund«. Im Jahr 1944 sollte sie mit diesem Thema noch einmal hautnah zu tun bekommen.

Eine weitergehende Bildung war in Saint-Saveur nicht zu haben, so dass die Eltern Colette zur Fortsetzung ihrer Schulbildung nach Auxerre hättten schicken müssen. Es ist verständlich, dass Sido, nachdem sie bereits eine Tochter verloren hatte, sich nur höchst ungern von der zweiten trennen wollte. Wahrscheinlich konnten die Colettes sich die Kosten für den Unterricht auch einfach nicht mehr leisten.

Das Haus an der Rue de l'Hospice war Teil von Achilles Erbe, und die Colettes lebten noch weitere fünf Jahre dort, wobei sie nach und nach Sidos Bauernhöfe verkauften, um für ihre Zinszahlungen aufzukommen. Die Rochés hatten sich, von Sidos oberen Fenstern aus in Sichtweite, auf der anderen Straßenseite, im früheren Haus der Pomiés niedergelassen. Nach der Hochzeit zog Colette aus einer Mansarde, die ans Elternschlafzimmer grenzte, in Juliettes größeres Zimmer im Parterre um. Sie war überglücklich, ein richtiges Boudoir für eine junge Dame geerbt zu haben, mit einem Ankleidekabinett und einem Bett mit Spitzenbaldachin. Doch ihr Glück und ihre Abgeschiedenheit waren »bedroht«, schreibt sie, weil Sido verzweifelt und vielleicht ein bisschen paranoid immer wieder Albträume hatte, auch ihre jüngste Tochter könnte von irgendeinem fremden Mann »entführt« werden. Ihre Träume, die Colette aufregend fand, wurden noch geschürt von den sensationslüsternen Berichten über geschändete und durchgebrannte Kinder – ein Hauptthema in der Provinzpresse – sowie durch eine Reihe von Ereignissen, die der Hauptmann für harmlos hielt: Ein Landstreicher hatte versucht, sich Zutritt zur Küche zu verschaffen; eine Gruppe von Zigeunern hatte »mit strahlendem Lächeln« angeboten, Colettes Haar zu kaufen, ein alter Mann im Dorf überhäufte sie mit Süßigkeiten. Sido hingegen war davon besessen, sie erinnerte sich, dass eine belgische Freundin mit sechzehn Jahren ein solches Schicksal tatsächlich erlitten hatte: Entführung durch einen Fremden in einer Postkutsche.

Eines Nachts, sagt Colette, rüttelte der Wind an den Türen und Fensterläden des alten Hauses. Er hielt Sido wach und in Sorge vor Räubern. Sie stand auf und trug ihre schlafende Tochter wieder hinauf in die Mansarde, wo sie sie bewachen konnte. Ob diese Szene nun wahr oder ausgedacht ist, jedenfalls markiert sie einen Kreuzweg in Colettes Leben. Hier trennten sich die Wege. Aus Sidos Albtraum von Verlust und Gewalt wurden Colettes Fluchtträume. Sie träumte von einem dämonischen Befreier, der so unbarmherzig und gewissenlos sein musste, dass er sie aus all den Fallen herausholte: aus den Armen ihrer Mutter, dem Haus, der Macht, der Angst und Besorgtheit – und nicht zuletzt aus ihrer klaustrophobischen Anhänglichkeit an Sido.

5. KAPITEL

Nur der Traum kann ein kleines Mädchen mit einem Flügelschlag aus seiner Kindheit hinaustragen und es, ohne dass es erstaunt oder empört wäre, mitten in das heuchlerische und abenteuerliche Jugendalter versetzen. Nur der Traum lässt in dem zärtlichen Kind das undankbare Wesen erwachen, das es morgen sein wird, die arglistige Verbündete eines Vorbeikommenden, die Vergessliche, die das mütterliche Haus verlassen wird, ohne den Kopf zu wenden. In dieser Weise machte ich mich in das Land auf, in dem eine Postkutsche mit klingenden Glöckchen vor einer Kirche hält, um einen jungen, in Taft gekleideten Mann und eine junge Frau abzusetzen, deren zerknitterte Röcke an die Blütenblätter einer Rose erinnern. Ich schrie nicht.

Colette, LA MAISON DE CLAUDINE

I

Sido mag eine moderne Frau gewesen sein, aber die Romane des neunzehnten Jahrhunderts sind voller Landherren vom Typus eines Jules Colette. Sie sind Romantiker in einer Epoche des Materialismus, besiegte Soldaten und Idealisten, die ihrer Melancholie zu entgehen suchen, indem sie sich mit Erfindungen, Poesie und laienhafter Wissenschaft abgeben. Colettes Vater entwickelte Ideen zur nationalen Verteidigung. Er schrieb eine Ode an seinen Freund Paul Bert, den radikalen Republikaner von Auxerre. Er liebte die Geografie und schickte manchmal seine handkolorierten Landkarten an die *Société de géographie*. Er gehörte der *Société internationale des Electriciens* an und reichte seine

Gleichungen als Beiträge bei den *Annales nouveaux de mathematique* ein.

Diese wie auch andere Zeitschriften, für die Monsieur Colette sich interessierte, erschienen bei Gauthier-Villars, dem führenden Wissenschaftsverlag in Frankreich. Jean-Albert Gauthier-Villars, der den Verlag 1864 erworben hatte, war als Militäringenieur auch eine typische Gestalt des neunzehnten Jahrhunderts. Colette behauptete, er sei ein Schulkamerad ihres Vaters gewesen, doch während Jules Colette in St. Cyr zur Schule ging, besuchte Gauthier-Villars die École Polytechnique, die elitärste unter den Kadettenschulen und zugleich für ihre ehemaligen Zöglinge ein Sprungbrett in die höchsten Positionen von Industrie und Staatsdienst. Gauthier-Villars und der Hauptmann hatten jedoch zur selben Zeit auf der Krim und in Italien gedient.

Die beiden Veteranen verband ihre Kriegserfahrung und ihre Verehrung für »Ordnung und Fortschritt«. In ihren wirklichen und symbolischen Vaterrollen konnten sie jedoch verschiedener nicht sein. Gauthier-Villars verkörperte den Typus des gefürchteten und respektierten Patriarchen, wie er von den Konservativen einer Zeit gepriesen wurde, in der sich die Rechten »Familienwerte« auf ihr Panier geschrieben haben – wie auch heute, übrigens vielfach aus denselben Gründen. Außerdem wurden die Franzosen durch ihre Haltung zur Kirche stärker polarisiert als durch jede andere Frage.

Hier tat sich eine Kluft, wenn nicht gar ein Abgrund zwischen Colettes und Willys Milieu auf. Sido, die Atheistin, stammte aus einer Freidenkerfamilie, wurde von ihren Nachbarn für eine Sünderin gehalten und war stolz darauf. Selbst eine Ehebrecherin, hatte sie keine ihrer Töchter dazu erzogen, Jungfräulichkeit, Ehe, Mutterschaft oder auch nur Ehrbarkeit als heilige Aufgabe der Frau anzusehen. Madame Gauthier-Villars hingegen war moralisch streng, gesellschaftlich ambitioniert und, wie man schließen kann, in ihrer Frömmigkeit außerordentlich langweilig. Nachdem sie ihren jüngeren Sohn mit der Tochter eines Bankiers und ihre Tochter mit einem Polytechniker verheiratet hatte, hatte sie für Willy eine Erbin vorgesehen, als dieser ankündigte, er wolle eine Mesalliance mit Gabrielle Colette eingehen.

Die Gauthier-Villars gehörten zur *bourgeoisie absolue*, ja, sie verkörperten sie. Sie waren reich und ultrakatholisch, wählten die rechten Nationalisten, fürchteten sich vor den erwachenden Massen, unterstützten die Militärhierarchie, beklagten den Einfluss von Juden und Fremden und lehnten die antiklerikalen Reformen ab, die das rechtliche Kernstück der Dritten Republik bildeten. Wichtigster Bestandteil dieser Reformen, zumindest für Colettes ersten Roman, war die Einrichtung einer weltlichen, öffentlichen Sekundarschulbildung für beide Geschlechter.

Zwar klang das neue Gesetz aufgeklärt, es zielte aber nicht darauf ab, Frauen auf bezahlte Arbeit vorzubereiten (außer für den Unterricht) oder etwa politische Gleichheit anzustreben. Französische Frauen erhielten erst nach dem Zweiten Weltkrieg das Wahlrecht. Die Republikaner rangen mit der katholischen Kirche um die Herzen und Sinne der nächsten Generation französischer Mütter. »Republikanische Partnerinnen für republikanische Männer« war eine der Devisen von Jules Ferry, und die damaligen Feministinnen verstanden sehr wohl, dass die neuen Schulen die weibliche Randständigkeit nur verlängerten, denn sie schwächten den Druck, der durch die enttäuschten feministischen Ambitionen entstanden war.

Säkulare Bildung für Frauen war jedoch für die katholische Rechte ein rotes Tuch. Sie nahm mit Recht wahr, dass diese Bildung eine Tür öffnen und eine Revolutionierung der Moral bedeuten werde, und zwar insbesondere »der Moral« – das heißt des Verhältnisses zur Autorität – bei denjenigen Frauen, die außerhalb der Konvente erzogen wurden. In den frühen 1880er Jahren hatte man mehrere neue Collèges normales gegründet, das angesehenste in Sèvres, um Frauen zu Lehrerinnen für die *laïques*, die öffentlichen Mädchenschulen, auszubilden. Kritiker sahen in diesen Institutionen Brutstätten sexueller Unmoral, die ganze Regimenter lasziver Lesbierinnen in die französische Provinz entsenden und ihr Laster unter den Unschuldigen, die ihrer Obhut anvertraut sind, verbreiten würden.

Diese Angst war äußerst ansteckend und nicht auf die katholische Rechte beschränkt. Historiker sehen die durch Deutschland erlittene Schlappe im Zusammenhang mit der Zeit der Korruption, dem Verlust an Vertrauen und den nachfolgenden und bis ins neue Jahrhundert reichenden kulturellen Turbulenzen. Der französischen Männlichkeit war ein Schlag versetzt worden, und angeblich litten die Franzosen, durch den Machismo des Feindes sowohl beeindruckt als auch gedemütigt, kollektiv an verletztem Stolz. Die Presse erging sich in Jeremiaden über die rückläufige Geburtenrate, die Änderungsvorschläge im Scheidungsrecht und die Umtriebe des Feminismus. Es war eine Zeit des Frauenhasses. »Eine ganze Gesellschaft«, schrieb Zola, »stürzt sich auf die Möse«, und zwar mit einem Eifer, in dem Lust, Rivalität und Aggression sich mit der Angst vor Impotenz mischen. Männliche Autoren und Politiker, von den reaktionärsten bis zu den avantgardistischsten, fühlten sich von dem Gespenst einer »maskulinisierten« und »virilisierten« Neuen Frau verfolgt, von der es viele Varianten gab: Huysmans Bauchrednerin, Valérys »reine Abstraktion«, Wildes Salomé und zahllose exaltierte Lesben, Nymphomanen, Vampire, Blaustrümpfe und *sévriennes*, von denen, wie Willy sich ausdrückte, »die besten nicht viel wert waren«.

2

Im Oktober 1887 drang eine dieser entsetzlichen Kreaturen, eine professionelle Lehrerin, in Saint-Sauveur ein. Sie löste die unterqualifizierte Madame Viellard ab, in deren Klasse Colette zwei

Jahre lang dahinvegetiert hatte, und machte sich flugs daran, die Dorfmädchen mit einem speziellen Kurs auf das *brévet*, eine Art Abitur vorzubereiten. Olympe Terrain war vierundzwanzig Jahre alt und Absolventin des Collège normale in Auxerre. Sie stammte aus einer Bauernfamilie und hatte den einzigen tugendhaften Aufstiegsweg gewählt, der armen Frauen zur Verfügung stand. Sie ermutigte alle ihre guten Schüler, darunter auch Colette, die Lehrbefähigung anzustreben. Aber das Leben einer Lehrerin war für sich genommen eine überaus harte Lektion. Colette kommt in *Claudine erwacht* kurz, aber voller Mitgefühl darauf zu sprechen: das aufreibende Gerangel um Stellen, der Minimallohn im Dorf, der ungeheizte Schlafraum über den Klassenzimmern, das Wissen darum, dass ein Versagen hieße, wieder Schweine hüten zu müssen. Willy beutet im selben Roman die zeitgenössischen Fantasien über die Olympe Terrains von Frankreich und ihre *laïques* aus. Dieses Buch hätte die schlimmsten Befürchtungen seiner Mutter bestätigt, wenn ihre Genügsamkeit und ihr Beichtvater ihr erlaubt hätten, es zu lesen.

Wie ihr fiktiver Gegenpart, Olympe Sergent, kam Mademoiselle Terrain mit ihrer Mutter, einer alten Bauersfrau mit Rüschenhaube, ins Dorf. Das Porträt, das Colette von ihr im Roman zeichnet, entspricht größtenteils dem wirklichen Leben. Die neue *Institutrice* war eine ausgezeichnete Pädagogin, »lebhaft« und »anspruchsvoll«. Obwohl sie auf ihre Arbeit, die sie bis zu ihrer Pensionierung dreißig Jahre lang ausüben sollte, gut vorbereitet war, hatte sie ihre Stelle durch die Protektion von Dr. Merlou bekommen, ihrem Gönner und Hauptmann Colettes altem Feind und Gegenspieler. Merlou wird im Roman in der Gestalt des schleimigen Dr. Dutertre karikiert. Diese Verbindung machte die neue Lehrerin für die Colettes, zumindest zu Anfang, zum Ärgernis. »Für die Familie Colette«, erzählte Mademoiselle Terrain dem ersten Biografen von Colette, Jean Larnac, »war ich ein Eindringling. Erst sagte man mir, Gabrielle werde nicht wieder in die Schule kommen, dann erschien sie eines Tages [im Hof] kurz vor dem Läuten, ohne ihren Platz in der Reihe zum Hineingehen einzunehmen. Ich sagte kein Wort. In der ersten Zeit spielten die Mädchen, von Colette beeinflusst, mit Murmeln und nannten sich beim Nachnamen. Als sie begann, Zeitung zu lesen, sagte ich ihr so etwas wie: ›Mein Kind, die öffentliche Schule muss für dich sehr unangenehm sein, denn alle Kinder haben die Regeln einzuhalten, und ich kann ihnen nicht gestatten, Zeitung zu lesen.‹ Das war alles. Und von da an gab Colette sich so, wie sie war, das heißt als ein angenehmes junges Mädchen, sehr intelligent, sehr begabt in Französisch, nichtsnutzig oder beinahe nichtsnutzig in den naturwissenschaftlichen Fächern, überaus musikalisch und bemerkenswert spitzbübisch und witzig.«

Olympe Terrain erzählt weiter, dass Colette von da an, wenn die Reihe an sie kam, das Kehren selbst übernahm und nie wieder als »Tochter eines reichen Mannes« besondere Privilegien für sich in Anspruch nahm. Sie beschreibt Gabrielle mit dreizehn als auffallend wild auf Katzen und deren Liebesspiele. Dank des Einflusses ihrer gebildeten Eltern hatte sie »alles gelesen«. Colette bemerkte später, sie habe Märchen oder Kinderbücher nie gemocht, sondern schon mit sieben Jahren begonnen, die *Göttliche Komödie* zu lesen. »Ich bin in Balzac geboren«, erzählte sie als alte Dame einem Interviewer. »Er war meine Wiege, mein Wald, meine Reisen.« Und sie sagte von sich, sie sei »eine von denen, die sich von klein auf einem einzigen Autor widmen«. Allerdings las sie auch Alphonse Daudet, Hugo, Mérimée, Labiche, Zola, Taine, Voltaire, Musset, die Geschichten von H. D. Andersen und (in Übersetzung) Shakespeare.

Die junge Colette war eine frühreife Literaturkritikerin. Sie lachte über Balzacs manchmal unbekümmerte Prosa (aber ihre Einwände »schmolzen [später] im Feuer meiner Verehrung für ihn«). Sie hörte »ernst« zu, wenn der Vater ihr seine Oden und Elogen vortrug – der Hauptmann war so etwas wie ein Spezialist in Grabreden. Dann kritisierte sie seinen ausschweifenden Stil: »Ich habe es dir schon vorige Woche gesagt [...], zu viele Adjektive!« Ihr eigener Stil, sagte Mademoiselle Terrain, sei bereits beachtenswert originell gewesen, und trotzdem habe sie ihn »ohne Hilfe« noch erstaunlich verbessert. Nur weil sie einen »brillanten« Aufsatz eingereicht hatte, bestand sie 1889 die Abschlussprüfung, denn ihre Frechheit in der mündlichen Prüfung war spektakulär. »Wir liebten ihre lausbubenhafte Schlagfertigkeit«, erinnerte sich die alte Lehrerin zärtlich, auch wenn sie die Schuld für Colettes loses Mundwerk dem Vater, der für seine Lästerlichkeit bekannt war, zuschrieb und der Mutter, die als Zynikerin galt. »Madame Colette sagte gern über Gabrielle: ›Sie wird einen alten Mann mit viel Geld heiraten.‹«

Mademoiselle Terrains Meinung über die Familie Colette (»*sens moral très attenué*« – moralisch sehr unsensibel) war natürlich voreingenommen durch den Dorfklatsch, durch ihre Freundschaft mit Merlou und durch ihre Empörung – hatte sie sich doch angesichts der Darstellung ihrer Person in *Claudine erwacht* von Colette betrogen gefühlt. »Wenn Colette wirklich wie Claudine war«, sagte Olympe Terrain, »dann verstand sie es, ihre Schwächen zu verbergen, denn sie erwies sich nie als ein lasterhafter Mensch«. Die *Claudine*-Bücher, schließt sie, seien ein Produkt aus Gier und Opportunismus und einer »diabolischen Fantasie«, wahrscheinlich der Willys.

3

Der Mann, den Colette mit spöttischem Respekt als Monsieur Willy bezeichnet, war, als sie einander begegneten, bereits eine berühmte Persönlichkeit, wenngleich noch nicht so berühmt, wie er durch ihr Talent wurde. Er war vierzehn Jahre älter als sie, und als sie in seine Welt trat, war sie eine missmutige Schülerin vom

Lande mit einem eineinhalb Meter langen Zopf und Anflügen derben Charmes. Er war seiner Freundin Rachilde zufolge »ein Mann von Welt, von der besten Welt; der Prototyp des geistreichen Pariser Lebemannes«.

Ihre Zeitgenossen störte der Altersunterschied nicht, er fiel nicht einmal auf. Jungfräuliche Teenager heirateten häufig ausschweifende ältere Männer, und Colettes Vorbilder für die Range und den Playboy, deren Liebesverhältnis sie in *Gigi* beschreibt, waren gar achtzehn und sechzig. Für ihren eigenen Auftritt als Paar war er allerdings bedeutsam: sie brachte die Vitalität ein und er das Prestige. Wild und geschmeidig, unschicklich im Reden wie in ihrem Appetit, konnte Colette in ihren späten Zwanzigern noch für eine Jugendliche gehalten werden oder zumindest »fälschlich für eine Jugendliche«, während Willy, wie sie bemerkte, »sich einige Mühe gab, alt zu erscheinen« – ein alternder Satyr, selbst als noch ziemlich junger Mann.

Ihre Liebesbeziehung entsprach dem Geschmack des Fin de Siècle, das mythische Liebesgeschichten gern pervers verdreht neu erzählte, Colette als die Schöne und Willy in der Rolle des Biests. »Wenn so manches junge Mädchen seine Hand in die behaarte Pranke legt«, schrieb sie über ihre Initiation, »seinen Mund der zuckenden Gier eines rasenden Mundes entgegenstreckt und den riesigen männlichen Schatten eines Unbekannten auf der Wand heiter betrachtet, so müssen wir uns damit abfinden, dass sie den Einflüsterungen der sexuellen Neugier erlegen ist.« Doch in Colettes erster Heirat lag weit mehr als nur sinnliche Neugier. Sie liebte Willy stärker und länger, als sie jemals öffentlich zugab, und um zu verstehen, was er ihr bedeutete, sollten wir daran denken, wie oft sie in ihrem Leben und in ihren Büchern ihren ungleichen Wettstreit mit ihm immer wieder inszeniert und dabei auch ihre Rollen ausgetauscht hat.

Willy bildete sich auf das Bild, das berühmte Bild, das man von ihm hatte, einiges ein, und mit einem Hauch von Perversität meinte er, in dem Spiegel, den die Welt ihm vorhielt, sei er noch feister und kahler als in Fleisch und Blut. In *Meine Lehrjahre* macht Colette eine boshafte Bestandsaufnahme der Fotografien, Karikaturen, Sketches, Bildnisse, akademischen Porträts, Zeichnungen, Postkarten, Statuetten, Figurinen, Silhouetten und sogar Souvenirs, wie zum Beispiel einem Tintenfass in der Form seines charakteristischen Zylinders, Gegenständen, die ihr Gatte gesammelt und in vielen Fällen selbst in Auftrag gegeben hatte. Er genierte sich auch nicht, literarische Porträts von sich in Form von Rezensionen zu bestellen, für die er bar oder in Naturalien bezahlte; er hatte keine Hemmungen, für seine Bücher Klatschgeschichten in Umlauf zu bringen und Reklame zu machen oder Biografien über sich selbst schreiben zu lassen, die ihre Schmeichelei mit gerade so viel gemeinem Spott auflockerten, dass sie einen glaubhaften Anstrich erhielten.

Seine Selbstporträts gehören zum selben Genre. Sie neigen dazu, Willys hohe Kultur seinen niederen Gelüsten gegenüberzustellen und sein sexuelles Charisma mit seiner wenig anziehenden und, als er älter wurde, fettleibigen Erscheinung zu kontrastieren. In dem Jahr beispielsweise, in dem er Colette kennen lernte, beschrieb er sich als jemanden, der »sommersprossig blond war, mit einem Kindergesicht, eingebildet, mit den dicken Lippen eines Hedonisten und kurzsichtigen, wenn auch lebhaften Augen«. Er habe viel Erfolg bei den Frauen und mache kein Hehl daraus. Zwölf Jahre später gestand er: »Ich wäre gern dunkelhaarig, groß und schlank gewesen, mit einem schicksalhaften Reiz ausgestattet, im Stil von 1830; doch statt mich zu einem Prinzen der Finsternis zu machen, hat die Natur mich in eine kompakte Form gegossen. Sie hat in mein schwammiges Gesicht Augen eingelassen, deren verwaschenes Blau auf ängstliche Naturen, die angesichts der trügerischen Angeberei eines Auf-in-den-Kampf-Schnurrbartes es erst einmal mit der Angst zu tun bekommen, beruhigend wirkt.« Das trefflichste dieser Selbstporträts war die Gestalt des Pariser

Lebemannes Henry Maugis, der zuerst in *Claudine in Paris* erscheint, und später, wie Colette es ausdrückt: »durch das gesamte Œuvre, wenn ich so sagen darf, von Monsieur Willy spaziert.« »Dieser Henry Maugis«, fährt sie fort, »von ›*väterlicher Verderbtheit* ganz entflammt‹, ist ein Liebhaber von Frauen, Wortspielen und fremdländischen Schnäpsen; er ist Musikkritiker, gräkophil, belesen, rauflustig, empfindsam, gewissenlos; hinter einem Lachen versteckt er eine Träne; seinen Spitzbauch trägt er vor sich her. Junge Frauen im Hemd nennt er *mon bébé*, Negligés sieht er lieber als Nacktheit und Söckchen lieber als Seidenstrümpfe – dieser Maugis ist nicht von mir.«

In all diesen Beschreibungen – und weitere hundert könnte man zitieren – zeigt sich Willys Neigung, seinen Sexappeal zu mystifizieren. Aber der nackte oder beinahe nackte Willy war wohl eine Offenbarung und muss das für viele seiner Geliebten gewesen sein. In einem Fotoalbum, das Madeleine de Swarte, Willys letzter Begleiterin, gehörte, gibt es von ihm einen Schnappschuss am Strand von Cabourg vom August 1890, genau ein Jahr, nachdem er Colette kennen lernte. Er trägt einen Schwimmanzug aus Trikot und einen großen Strohhut und hat die Arme vor der Brust verschränkt. Er hat einen dicken Bauch, das stimmt, aber einen kraftvollen, Vertrauen erweckenden Körper – der umso überraschender ist, als der Kopf auf seinen Schultern im Vergleich viel älter wirkt.

Fünfunddreißig Jahre später sollte Colette am Strand von St. Tropez in einer ähnlichen Pose in einem ähnlichen Badeanzug fotografiert werden. Sie lebte damals mit einem fünfzehn Jahre jüngeren Liebhaber zusammen und war ziemlich korpulent. Beide besaßen sie dieselbe Anziehungskraft.

4

Henri Gauthier-Villars wurde am 10. August 1859 im Haus seiner Großmutter in Villiers-sur-Orge geboren, während sein Vater in Italien unterwegs war, um den Telegrafendienst für die kaiserliche Armee zu organisieren. Als Henry sich auf seine erste Kommunion vorbereitete, organisierten die Kommunarden ihren Aufstand und nahmen für kurze Zeit seinen Vater gefangen. Zu diesem Zeitpunkt war er, wie er sagte, »so religiös wie irgend möglich«. Danach wurde er so unreligiös wie irgend möglich. Im Vergleich mit der Gläubigkeit seiner Mutter und der intellektuellen Ernsthaftigkeit seines Vaters war er ein Chorknabe, der zum Teufel übergegangen war.

Sie schickten Henri erst auf das berühmte Lycée Fontanes, wo er sich ungebührlich betrug, dann in das ebenso angesehene Jesuitenkolleg Stanislas. Hier erhielt er eine ausgezeichnete klassische Bildung, die er mit großer Begeisterung und Brillanz pervertierte und in seine Wortspiele goss. Gut in Griechisch, fließend in Latein und Deutsch, kümmerte Willy sich nach eigener Aussage nur um die Fächer, die ihn »lockten«. Eine seiner Leidenschaften – er hatte sie von seiner Mutter geerbt – galt der Musik, eine andere den ganz jungen Mädchen. Es gab eine Reihe Pariser Bordelle, die darauf spezialisiert waren, ältere Kunden mit solchen Mädchen zu versorgen. Als Student verkehrte Willy in einem dieser Etablissements an der Rue Montmartre. Die Rangen liebten ihn, behauptete er – seine Jugend sei so erfrischend gewesen –, und Madam kassierte nichts von ihm, solange er bereit war, seine Schulmütze zu tragen, wenn er in die Schlafzimmer hinaufging. »Später habe ich verstanden, dass die [alten Voyeure] mein jungenhaftes Herumtollen durch ein Loch beobachtet haben müssen.«

1879 kam Willy zur Armee, um seinen obligatorischen zwölfmonatigen Wehrdienst abzuleisten. Es war das Jahr, in dem Zola *Nana* fertig schrieb, die Ferry-Regierung ihre Schulreformvorschläge einbrachte und Colette, damals sechs Jahre alt, mit dem Hauptmann ihre erste Fahrt nach Paris unternahm. Der junge Gauthier-Villars war ein hervorragender Schütze und Fechter, Fähigkeiten, die sich in den zahlreichen Duellen in seinem Leben noch als wertvoll erweisen sollten. Aber er spielte so erfolgreich den Kretin, dass er für die ehrenhafteren Manöver entschuldigt war. Ein General, der die Truppe besuchte, ein Freund seines Vaters, setzte der Farce ein Ende, und Willy brachte die Sache ohne weitere Blamage hinter sich, nur eines ist noch bemerkenswert, wenngleich damals noch nicht von Bedeutung: Er diente im selben Artilleriebataillon wie ein junger Leutnant aus dem Elsass namens Alfred Dreyfus.

Als Willy ein Jahr später die Armee verließ, war er reif für die Verlockungen von Paris. Er schrieb sich für Jura ein, verbrachte aber seine Abende in den Cafés und Brasserien des Rive gauche, wo man sich traf, um über Literaturtheorie zu debattieren und mit Mädchen anzubändeln. Dies war in der französischen Literatur wie in der Politik eine streitlustige Zeit. Man war sich einig, dass die Kultur im Niedergang begriffen war, aber durchaus geteilter Meinung darüber, was sie wieder genesen lassen könnte. Man gründete Schulen für Dichtung und Ästhetik, jede mit ihrer eigenen ephemeren Zeitschrift. Sie schlossen sich zusammen und lösten sich auf wie spekulative Aktiengesellschaften während der Hochkonjunktur. Da gab es die *Zutistes* (Phooeyistes), *Hydropathes*, *Jemenfoutistes* (die alles verfluchten), die *Hirsutes* und andere mehr. Als Rodolphe Salis vom Café de l'Avenir seine Gäste aus der Boheme mit auf die andere Flussseite hinübernahm, wo er das literarische Kabarett *Le Chat Noir* eröffnete, gehörte Willy zusammen mit Verlaine, Henri de Régnier und Jules Laforgue zum engeren Kreis. »Hier«, schreibt Willys Biograf François Caradec, »wurde der Symbolismus geboren«.

1885 erhielt Willy sein Juristendiplom, das ihm, wie Caradec bemerkte, hauptsächlich dazu diente, seine Visitenkarte zu zieren.

Sein Vater stellte ihn im Familienverlag an, der in einem Gebäude am Quai des Grands-Augustins untergebracht war. Willys Büro im Parterre, hinter der Buchhandlung und unter der Druckerei, wurde ein berühmter Treffpunkt der Intellektuellen. Catulle Mendès schrieb ein Feature darüber und Mallarmé ein Gedicht. Zu den Besuchern gehörten auch Debussy, Remy de Gourmont, Pierre Louÿs und der Anarchist Félix Fénéon, ein großer Bewunderer von Willys Wortspielen.

Erpicht darauf, »in den Augen eines Vaters, der über die Kordel des Geldsacks und das Personal in der Buchhandlung Gauthier-Villars ein strenges Regime walten ließ und ihn nicht ernst nehmen wollte«, als gelehrt zu erscheinen, begann Henry, wie er sich jetzt schrieb, jene Art wissenschaftlicher Bücher zu veröffentlichen, die von »Vaters Arbeitern« teuer gedruckt werden konnten. Sie alle waren, hieß es, von mittellosen Provinzlehrern wie Olympe Terrain für ihn geschrieben worden. Inzwischen verfassten »Gaston Villars« und »Henry Maugis« Beiträge zu einer Zeitschrift mit dem Titel *Lutèce*, respektlose Theater- und Musikkritiken, mit denen, um Colette zu zitieren, »mein künftiger Ehemann energisch gegen schlechte Literatur und schlechte Musik ankämpfte«. Er verachtete die Realisten, Dekadenten, Naturalisten und Parnassiens aus tiefstem Herzen und trat für den »angelsächsischen Humor« von Mark Twain und Laurence Sterne ein, wobei er sich schließlich als einen *auteur gai* bezeichnete. »Gerede« war in seinem Kreis ein Lieblingswort, um etwas abzuwerten, und bei Willy war es gleichbedeutend mit »Ernsthaftigkeit«. Freuds Bemerkung, ein Witz sei ein Epitaph auf den Tod eines Gefühls, war nie zutreffender als bei denjenigen, die in der Belle Époque am unerbittlichsten und talentiertesten Wortspiele prägten.

Das Wortspiel ist etwas Anarchisches, eine kleine Bombe, die, in einem ernsthaften Text deponiert, dessen Ansprüche auffliegen lässt. Willy besaß in seiner Arbeit und in seiner Person gerade das richtige Maß an Vandalismus, um Wortspiele in einer Ära zur

Mode zu machen, in der die politischen Anarchisten, wie Roger Shattuck bemerkt, einen »dynamischen« Einfluss auf die künstlerischen Experimente und das Verhalten der Avantgarde ausübten. Willys gebildete Buffonerie, sein distinguierter Geschmack für das niedrige Leben, sein Zynismus und seine Karriere als Skandalon und Provokateur hatten für seine Zeitgenossen eine viel größere Bedeutung, als es uns aus dem zeitlichen Abstand erscheint. Für einen seiner besonders albernen Schundromane wurde er wegen Pornografie strafrechtlich verfolgt. Das brachte ihn und seinen Ruf in den Genuss einer jener unterhaltsamen Gerichtsverhandlungen, bei denen sich die literarischen Größen einer Epoche zu versammeln pflegen.

Willy selbst war jedoch nie eine solche Größe. Ein Kennzeichen großer Literatur ist, dass sie einen Ortsdialekt in eine Sprache übersetzt, die auch außerhalb der Grenzen ihrer Zeit, Klasse oder Kultur verstanden wird. In diesem Sinne war Willy der Provinzielle und Colette die Frau von Welt. Er hätte ebenso auf Udikisch schreiben können: Ohne beträchtliche Anstrengung, die sich jedoch kaum lohnt, ist er heute nicht zu verstehen.

In ihren *Portraits d'hommes* nennt Rachilde Willy etwas zu wohlwollend »den beinahe Großen«. Er selbst behauptete nicht besonders glaubwürdig, dass ihn seine »Schwäche für Glück« von seinen Zeitgenossen unterscheide und dass er nie »betrunken genug war [noch weniger glaubwürdig], um die Zusammenhanglosigkeit von Träumen für interessant zu halten«. Dabei dachte er vielleicht an seinen Freund Alfred Jarry, der den Nihilismus derart halluzinatorisch auf die Spitze trieb, dass er mystisch wurde, so dass man sagen kann, für Jarry sei sogar das Nichts heilig gewesen.

Wirklicher Anarchismus hätte mehr Strenge, Engagement und Unzufriedenheit mit der Gesellschaft erfordert, als Willy aufbringen konnte. Sein Wunsch, für originell gehalten zu werden, wurde immer wieder von seiner »*crainte du ridicule*« (der Angst, sich lächerlich zu machen) gelähmt. Der Beinah-Große verbrachte sein

Leben in der Revolte gegen seine ganz und gar großbürgerliche Familie. Noch in seinen mittleren Jahren konnte er sich als *potache vieilli* (einen alternden Schuljungen) beschreiben, der auf freche Schulmädchen versessen war. Wenn er auch als Sohn enttäuschte, so blieb er doch ein treuer Anhänger seiner Klasse, der einmal einem Freund sagte: »Männer, die so [wohl]geboren sind wie wir, können sich durchaus einen Angriff auf die Moral leisten, nicht aber einen Erziehungsfehler.« Der gleiche Autor, der Claudines »Amoralität« bewunderte, verteidigte Wagners Christlichkeit gegen Nietzsches Heidentum. Er akzeptierte die politischen Ansichten seiner Eltern, wurde wie sie ein militanter Gegner von Dreyfus und ein Antisemit sowie später ein Nationalist des rechten Flügels. Zugleich akzeptierte er auf seine eigene, perverse Weise die konventionelle Heiratspolitik. Die »väterliche« Autorität, die Willy nicht nur auf Colette ausübte, sondern auf eine Reihe anderer heiratsfähiger junger Schützlinge, die er gern seine »Töchter« oder »Nichten« nannte, war eine parodistische Hommage an die Wirklichkeit.

5

Die 1880er Jahre bilden, wie Claude Pichois betont, »die rätselhafteste Phase in Colettes Leben«. Es fehlen die Quellen, um die Chronologie ihrer allerersten Bekanntschaft mit Willy schlüssig rekonstruieren zu können. Willy erzählte Rachilde, er habe seine Frau gekannt, seit sie zehn Jahre alt war. Colette sagt, sie sei zwölf gewesen, als sie sich der »verbotenen Lust« hingab, Willys Rezensionen in den Heften des *Lutèce* zu lesen, die ihr Vater besaß, und an anderer Stelle, sie habe 1884, als sie elf war, mit ihrem Vater eine Woche in Paris verbracht.

Willys Eindruck von ihrer Begegnung erfahren wir aus handschriftlichen Aufzeichnungen, die Willys Sekretär und Freund

Pierre Varenne für eine Biografie angefertigt hat, die nie veröffentlicht wurde. Wenn auch die Daten nicht stimmen, scheinen die Fakten doch recht glaubwürdig. »Wahrscheinlich um seine Rückschläge zu vergessen«, schreibt Varenne, »verlegte [Jules Colette] sich auf die verschiedensten, um nicht zu sagen sonderbarsten Forschungen. Diese führten ihn eines Tages auf der Suche nach einem bestimmten Buch über höhere Mathematik und nach dem Almanach des *Bureau de Longitude* – in Begleitung seiner Tochter – in das Verlagshaus Gauthier-Villars. Sie wurden von Willy empfangen. Der Haupmann erwähnte in seiner südfranzösischen Gesprächigkeit, er habe sein Bein beim Italienfeldzug in Melegnano verloren.

»Tatsächlich!«, sagte Willy. »Kannten Sie meinen Vater ...?«

»Ihren Vater?«

»Ja, Gauthier-Villars ...«

Willy, fährt Varenne fort, ließ seinen Vater rufen, der den Hauptmann weder erkannte noch sich an ihn erinnerte und ihn »unhöflich und ironisch« fragte, wo sie einander begegnet seien. Es war nicht, wie sie feststellten, in Melegnano gewesen (»verdammt gut möglich, dass Sie Recht haben«, gab der Hauptmann zu), sondern anderswo auf der Krim und in Italien. Zwar bestand Gauthier-Villars weiterhin darauf, Hauptmann Colette sei ihm niemals unter die Augen gekommen, doch war er einverstanden, jetzt seine Bekanntschaft zu machen.

Trotz Sidos Einwänden gegen den kostspieligen »Wissenschaftsspleen« ihres Gatten, kam Jules Colette von da an »ziemlich oft« nach Paris, um die Buchhandlung zu besuchen und mit Jean-Albert Gauthier-Villars, »einem bereitwilligen Zuhörer und Zeugen«, die Kriegserinnerungen auszutauschen. Manchmal begleitete die junge Colette mit ihren »herrlichen Haaren« ihren Vater. Dann bemühte Willy sich sehr um beide, »bombardierte den Vater mit Wortspielen und fütterte die Tochter mit Süßigkeiten«.

Colette zufolge fand das entscheidende Treffen mit ihrem

künftigen Ehemann fünf Jahre später, im Sommer 1889, statt. Es war das Jahr, in dem Jean Cocteau und sein Klassenkamerad, Colettes dritter Ehemann, Maurice Goudeket, geboren wurden. Rachilde veröffentlichte *Monsieur Vénus*, einen Roman, in dem eine reiche, virile Adlige namens Raoule de Vénérande sich ihren Liebhaber aus der Arbeiterklasse zum Sklaven macht. Der Eiffelturm wurde fertig gestellt und in Paris die Weltausstellung eröffnet. In Auxerre wurde Hauptmann Colettes *Ode à Paul Bert* bei der Einweihung seines Denkmals rezitiert. Die Colettes hatten gerade eines ihrer letzten Güter verkauft, und im Juli bestand Gabrielle die mündlichen und schriftlichen Prüfungen für ihr *Brévet*.

Sie und ihr Vater feierten das mit einem Ausflug in die Hauptstadt, vielleicht, um die Weltausstellung zu besuchen. Im Alter erzählte Colette einem Freund, der Hauptmann habe in einem See in der Nähe von Saint-Sauveur einen großartigen Fisch gefangen und beschlossen, ihn den Gauthier-Villars zu schenken. Wenn das wahr ist, dann müssten die beiden mit ihrer in schmelzendes Eis verpackten Gabe vom Bahnhof direkt an den Quai des Grands-Augustins geeilt sein. Doch muss man sich fragen, was Willy und sein Vater mitten in den Sommerferien im Büro zu suchen hatten, wenn alle Pariser, die etwas auf sich hielten, auf dem Land waren?

Wo auch immer sie sich wieder trafen – nehmen wir um des poetischen Kontrasts willen an, zwischen den Stapeln trockener Journale in der Buchhandlung –, es ist leicht vorstellbar, welch unwiderstehlichen Eindruck eine sechzehnjährige Colette auf einen dreißigjährigen Willy gemacht haben musste. Alles war dazu angetan, ihn zu entzücken: die peitschenartigen Zöpfe, die Katzenaugen, die bewegliche Taille, ihre saloppe Sprache, die unglaubliche Frische (die geradezu dazu herausforderte, verdorben zu werden) und nicht zuletzt ihre selbstbewusste Einzigartigkeit. Er dürfte mit seinem sicheren Instinkt für das Großartige und Vitale, der ihn zu einem so differenzierten Kritiker, erfolgreichen Räuber und hoffnungslos blockierten Schriftsteller hatte werden lassen, abgeschätzt haben, wie viel Lustgewinn von ihr zu erwarten war.

In welchem Augenblick weicht die sexuelle Ängstlichkeit des jungen Mädchens der Bravour, die Colette so eindrücklich beschreibt? Vielleicht, wenn es zum ersten Mal Gelegenheit hat, seine eigene Stärke zu testen. Im Sommer, bevor Colette Willy kennen lernte, begann, nach ihrer eigenen ungefähren Chronologie, ihre Mutter zu argwöhnen, dass ein Freund der Familie – »ein über jeden Verdacht erhabener Mann«, in dessen Haushalt Colette ihre Schulferien verbrachte – »es auf mein kleines spitzes Gesicht abgesehen hatte, auf meine Zöpfe, die an meine Knöchel schlugen, auf meinen wohlgeformten Körper«. Madame Colette verlor keine Zeit. Sie setzte ihre Haube auf, bestieg den Zug und machte sich auf den Weg, um ihre Tochter zu retten. Als sie ankam, fand sie sie im Garten beim Spielen mit den Töchtern des Mannes und ihn still in die Betrachtung der Szene versunken. »Ein solches Schauspiel familiären Friedens vermochte Sido nicht zu täuschen. Außerdem stellte sie fest, dass ich hübscher aussah als zu Hause. So pflegen die Mädchen in der Wärme männlichen Begehrens zu erblühen, mögen sie nun fünfzehn oder dreißig Jahre zählen.«

Der Mann wurde nie identifiziert und die Anekdote auch nicht bestätigt, doch in einem späten Brief an ihre Freunde Francis und Éliane Carco äußert Colette einen Verdacht: Paul Bert besaß zusätzlich den Reiz, der »Intimfreund meines Vaters« zu sein. »Er wohnte in Auxerre in einem schönen Haus mit Garten und ich kannte seine vier Töchter. Von der Mutter nach englischem Stil aufgezogen, liefen sie das ganze Jahr über mit nackten Armen und Beinen herum.«

Vielleicht spielt sie auf seinen Garten, seine Töchter und sein Begehren an, das ihr Erblühen bewirkte. Jedenfalls läge darin eine schöne Ironie. Bert war einer der Erbauer des öffentlichen Schulsystems, man kannte ihn als den »Vater der Lehrerbildungsinstitute«. Er wäre daher indirekt auch der geistige Vater der *Claudine*-Romane.

Colette kam aus Paris nach Hause und war wahnsinnig verliebt in den verlebten und fettleibigen, aber charismatischen Literaten, der ebenfalls ein Freund ihres Vaters war. Sie begann ihm heimlich zu schreiben. »Nur ein bestimmtes, vornehm aussehendes, blaugraues Papier erscheint mir würdig, meine selbstverständlich heimlichen Liebesbriefe zu überbringen«, lässt sie ihn wissen. »Wo soll ich mich verstecken, um sie zu schreiben?« Nicht in ihrem Zimmer, in das ihre Mutter hineinplatzen konnte, nicht in der Bibliothek, wo die Nachbarn auftauchten, um im Lexikon etwas nachzuschlagen. »Besser für die Schwärmerei, für das Klopfen eines jungen Herzens, für die Täuschung« war eine Bank an der Straße zwischen der Bahnstation und dem Dorf.

Colette tut so, als habe sie ihre Briefe ohne viel Nachdenken geschrieben. »Außer über die große Liebe, von der sie glaubte, dass sie in ihrem Herzen sei, hatte diese Siebzehnjährige nichts zu erzählen.« Sie mochte die Antworten ihres Geliebten, »die andere Stimme im Duett«. Doch ein Duett braucht zwei ziemlich ausgewogene Spieler oder Sänger. Willy schrieb ihr, er »zittere« bei der bloßen Vorstellung, dass sie seine Zeilen lese. Die Zeilen selbst zitterten. Er schrieb an den Rand und auf die offene Seite des Briefumschlags in einer spinnenartigen, mikroskopisch kleinen Schrift, »aggressiv und agil … Ich beneidete ihn um seine Leichtigkeit, um seinen feurigen, persönlichen Stil, der in einer so konzentrierten Handschrift enthalten war, dass ich oft eine Lupe brauchte, um sie zu entziffern«. Sie beneidete ihn also um seinen Stil! Mag Colette leugnen, dass sie jemals literarische Ambitionen gehabt habe – ihr Neid verrät sie. Neid ist der Wunsch, etwas zu besitzen. Er macht ihre Liebe verständlicher und interessanter, denn er verführte sie nicht nur als Liebhaber, sondern auch als Schriftsteller.

Viele Jahre später sagte Colette, sie habe ihre und, man darf annehmen, auch Willys Liebesbriefe ins Feuer geworfen. »Aus dem Feuer geboren, sind die meisten bereits vom Feuer verzehrt. [...] Oh, das war kein großes Autodafé, nur ein bescheidenes Abbrennen eines Stoppelfeldes.« Man brennt die Stoppeln vom vergangenen Jahr ab, um den Boden für die neue Saat fruchtbarer zu machen – ein treffendes Bild. Colette sollte vorsorglich und unbarmherzig die Erde jeder alten Liebe und jeder alten Liebesgeschichte versengen, bevor sie weiterpflügte.

Diese Bank zwischen Bahnhof und Dorf war auch ein geeigneter Ort, um jemanden zu treffen, der aus dem Zug stieg. »›Warum bist du nicht gekommen?‹ schreibt das verliebte Mädchen.« Und: »Mein vielgeliebter Liebling, ich konnte die ganze letzte Nacht kein Auge zutun, du warst mir zugleich zu nah und zu fern.« Folglich trafen sie sich auch heimlich. Allerdings sagt Colette über solche Rendezvous nichts, ebenso wenig ihre Biografen. Aber in *Le Tendron* (*Ein junges Reis*), einer ihrer letzten und großartigsten Erzählungen, verteidigt Colettes Erzähler seine Vorliebe für »unreife Früchte«, indem er sie an ihre eigene erste Leidenschaft erinnert. »Haben Sie nicht selbst erklärt, dass Sie sich mit Sechzehn wie toll in einen vierzigjährigen [sic!] Mann mit Glatze verliebt haben, der doppelt so alt aussah?«

Die Geschichte spielt in der Grafschaft Franche-Comté, wo Willys Familie und später Willy und Colette ein Landhaus besaßen. Ein Wüstling mittleren Alters ist auf dem Gut von Freunden zu Besuch und macht einen Spaziergang. Er trifft eine Fünfzehnjährige, die ihn vor einem wild gewordenen Ziegenbock rettet. Ihre soziale Stellung ist unklar. Sie scheint »halb bäuerlich, halb bürgerlich« zu sein. Er kehrt am nächsten Tag an die Stelle zurück und beginnt, sie zu umwerben. Sie weist seine Geschenke »entschieden« ab. Ihre kleinen Plaudereien müssen vor ihrer wachsamen, besitzergreifenden Mutter geheim gehalten werden.

Gegen Ende seiner Ferien verabreden der Durchtriebene und das Mädchen ein Rendezvous in der Dämmerung, bei dem sie sich ihm stürmisch in die Arme wirft. »Ich glaube, ein gewöhnlicher Mann, ich meine, ein gewöhnlicher Liebhaber«, sagt der Erzähler, »hätte geglaubt, in Louisette dem schamlosesten halb bäuerlichen Mädchen begegnet zu sein. Aber ich war kein gewöhnlicher Liebhaber.«

»Ohne allzu sehr ins Detail gehen zu wollen, was uns beide in Verlegenheit brächte«, beschreibt der Erzähler »Colette«, wie Louisette sich der Lust, geküsst zu werden, hingibt. »Sie nahm die sinnliche Lust wie ein gesetzlich verbrieftes Recht, doch hatte ich keinen Grund anzunehmen, dass sie irgendwelche früheren Erfahrungen besaß.« Bald treffen sie sich nachts, sobald die Mutter des Mädchens (die wie Sido um fünf Uhr aufsteht) sicher schläft. Doch Louisettes Loyalität der Mutter gegenüber ist so stark, dass ihr Liebhaber eifersüchtig wird; ihn beschleicht gar das Gefühl, sie nutze ihn zu ihrem Vergnügen aus, als sei sie »der lüsterne Mann, der ein bereitwilliges Mädchen gefunden hat«.

Am Ende der Geschichte entdeckt die übermächtige Mutter die beiden zusammen. »Ihre Ähnlichkeit mit Louisette ließ mir keinen Zweifel, keine Hoffnung«, sagt der Erzähler. »Mit einem weiten, großartigen Blick, wie Louisette ihn vielleicht nie haben würde«, überblickt sie die Szene. Er protestiert, er habe »sich nicht … auf eine Weise verhalten …«. Doch sie unterbricht ihn. »Monsieur, darf man Ihr Alter erfahren?« Und »mit einem tiefen Griff ins Haar zwang sie ihre Tochter, mir ihr Gesicht zuzuwenden«. Louise knöpft ihre offene Bluse zu, schließt ihren Gürtel und murmelt an ihre Mutter gerichtet: »Möchtest du, dass ich auf ihn losgehe, Mutter?« Und im örtlichen Dialekt: »Wir zwei jagen ihn, sollen wir?«

6

Colette mag gewusst oder vermutet haben, dass Willy ein Frauenheld war, aber im August 1889 hatte sie wahrscheinlich keine Ahnung, dass seine Gefühle ernsthaft auf eine andere Person gerichtet waren. Tatsächlich wohnte er in der Rue de l'Odéon mit »seiner ersten großen Liebe« zusammen, einer fünfundzwanzigjährigen Frau namens Germaine Servat. Sie hatten seit drei Jahren ein Verhältnis, und in diesem Sommer war Germaine von Willy schwanger geworden, obwohl sie auf dem Papier noch mit einem Fotografen und Karikaturisten namens Émile Cohl verheiratet war. Am 19. September gebar sie einen Sohn, den sie Jacques nannte.

Madame Cohl wurde daraufhin geschieden, und Willy erkannte seine Vaterschaft an, obwohl er weiterhin die Existenz dieses Kindes wie auch die Germaines vor seinen Eltern verheimlichte. Seine literarische Karriere war in voller Blüte. Die Musik bewegte das zeitgenössische Publikum so leidenschaftlich, wie es später das Kino tun sollte, und Willy hatte bemerkt, welch »astronomische Summen die Musikveranstalter ausgaben, um ihre Konzertserien und Opernaufführungen zu lancieren. Ich wusste«, sagte er einem Freund, »dass sich das Musikfeuilleton der großen Tageszeitungen in der Hand langweiliger Schreiber befanden [...], die den Leser eher abstießen. [...] Mir kam die Idee, Artikel zu schreiben, die witzig, spöttisch und vergnüglich zu lesen waren.«

Er hatte gerade *Lutèce* verlassen, um Musikkritiker von *Art et critique* zu werden, und signierte seine wöchentlichen Rezensionen mit »die Platzanweiserin vom Sommerzirkus«. Caradec datiert die Geburt der »Platzanweiserin« auf einen Abend, den Willy mit Emmanuel Chabrier bei der Premiere von Massenets *Le Cid* verbrachte. »›Alter Junge‹«, sagte Chabrier zu Willy, »›das ist ziemlicher Mist‹. Diese entschiedene Aussage gab mir eine Kostprobe, wie Musikkritik sein sollte.«

Das Debüt der Platzanweiserin war auch für Willys Karriere entscheidend. 1892 wechselte »sie« zum weit verbreiteten *Écho de Paris* und machte Willy damit zum bestbezahlten, einflussreichsten und umstrittensten Journalisten von Paris. Willys Kritiken waren leidenschaftlich, kompetent, gespickt mit Wortspielen und nicht selten bissig. Da ein Einzelner unmöglich so viele Konzerte besuchen und besprechen konnte, wie die Zahl seiner Artikel erfordert hätte, heuerte Willy Helfer an. Die Liste seiner »Mitarbeiter« ist fast so lang wie die Bibliografie seiner Publikationen. Manche Helfer versorgten ihn mit »technischen Informationen«, darunter Debussy, Fauré und Vincent d'Indy. Andere waren obskure oder mittellose junge Schriftsteller und Musiker – Léo Colette zum Beispiel –, sie entwarfen die Kritiken, die Willy dann ausschmückte. Manchmal bestätigte er sie, manchmal auch nicht, und sollten sich seine Schreiber ausgebeutet gefühlt haben, kaum einer protestierte. »Wenn wir unsere Vergangenheit als Geprellte heraufbeschwören«, schrieb Colette, »haben wir die Gewohnheit bewahrt […] zu sagen: Damals, als wir in den Werkstätten gearbeitet haben …« Henry Gauthier-Villars rezensierte inzwischen Musik unter seinem eigenen Namen und veröffentlichte gelehrte Bücher über Fotografie, während Maugis, Jim Smiley, Boris Zichine und andere am laufenden Band laszive humoristische Almanache und Artikel produzierten.

Während der massige Erotomane jede Nacht aus war, um seinem »Talent zur Allgegenwart« zu frönen, wie Caradec es so fein ausdrückt, und noch mehr Eroberungen zu machen – darunter offensichtlich auch ein Naturkind aus der Puisaye – war die Mutter seines Sohnes zu Hause und lebte im Schatten ihrer Sünden. Als eine Geschiedene mit Bastard wäre sie von keiner angesehenen Pariser Gastgeberin empfangen worden. Am Silvesterabend 1891 starb Germaine Servat plötzlich. Viele Jahre später deutete Colette an, dass »die Mutter von [Willys] Sohn Selbstmord begangen habe«. »Ich weine schamlos um sie«, sagte Willy einem Freund, »und ich verfluche es, verpflichtet zu sein, ein lustiges Manuskript zu schreiben, während mein Herz tränenschwer ist.« Germaines Eltern weigerten sich, die Liaison und deren Frucht anzuerkennen, und begruben die Tochter unter ihrem Ehenamen. Willys Eltern oder zumindest seiner Mutter hatte man immer noch nichts gesagt. Mit seiner Trauer und dem Zweijährigen allein und vielleicht bemüht, Trost für die Erstere und Unterkunft für den Zweiten an ein und demselben Ort zu finden, vertraute er sich einer Familie an, die nicht die bürgerlichen Vorurteile der Servats' oder der Gauthier-Villars' teilte. Ein oder zwei Wochen nach dem Begräbnis bat er die Colettes, in ihrem Dorf für Jacques eine Amme zu suchen.

6. KAPITEL

In wenigen Stunden macht ein gewissenloser Mann aus einem unwissenden Mädchen einen Ausbund an Libertinage, der keinen Ekel kennt. Der Ekel ist nie ein Hindernis gewesen. Er kommt später, genau wie die Anständigkeit. [...] Oft wundert sie sich sogar: »Und was gibt es noch? Ist das alles? Machen wir's wenigstens noch einmal?« [...] Warum betrachtet sie den vom Mondschein oder von der Lampe vorteilhaft beleuchteten Schatten Priapus an der Wand nicht länger! Dieser Schatten enthüllt schließlich den Schatten eines bejahrten Mannes, der einen trüben, unergründlichen, bläulichen Blick, die Gabe zu erschütternden Tränen, eine herrlich verschleierte Stimme, die sonderbare Leichtfüßigkeit des Fettleibigen, die Härte einer mit Kieseln gefüllten Daunendecke hat.
Colette, MEINE LEHRJAHRE

I

Achille Robineau-Duclos hatte inzwischen sein Medizinstudium abgeschlossen und kaufte eine Praxis in der Kathedralenstadt Châtillon-sur-Loing (heute Châtillon-Coligny) in der Loiret. Sidos Einkünfte hatten sich, seit sie auch die restlichen Höfe verloren hatte, weiter verringert. Die Colettes lebten nun von der bescheidenen Pension des Hauptmanns, dreihundert Francs im Monat. Im Sommer 1890 zogen sie zu ihrem ältesten Sohn und teilten mit ihm sein Haus nahe dem Hauptplatz. An einem Fenster im obersten Stockwerk ritzte Colette Willys Namen ins Glas ein; er ist dort immer noch zu sehen.

Der Umzug war für sie traumatisch, obgleich nicht ganz so entwürdigend, wie sie ihn beschreibt. Das Haus in der Rue de l'Hospice wurde nicht verkauft, sondern lediglich vermietet. Ebenso wenig wurden die Möbel von Gläubigern beschlagnahmt und von Gerichtsvollziehern auf die Straße geschleppt. Die Familie versteigerte, was sie in ihren neuen und kleineren Räumen nicht unterbringen konnte. Es erscheint vielleicht kleinlich, gegen Colette auf diesen Fakten herumzureiten; schließlich hat jedes Leben, wenn man es näher betrachtet, seinen Einbruch oder auch Einbrüche, und für Colette war der Abschied von Saint-Sauveur so ein Einbruch. Als sie später Claudines weniger demütigenden Umzug von Montigny nach Paris beschrieb, hieß es: »Stück für Stück verpackte man meine Möbel, meine Bücher und meine kleinen Liebhabereien, während ich daneben stand, von Widerwillen geschüttelt, erfroren und schlechter gelaunt als eine Katze im Regen. Zusehen zu müssen, wie man meinen zierlichen, tintenbekleckssten Mahagonischreibtisch davonschleppte, mein Himmelbett aus Nussholz und die alte normannische Anrichte, die mir als Wäscheschrank dient, kostete mich fast einen Nervenzusammenbruch. Papa hingegen, munterer denn je, spazierte vergnügt mitten durch den Weltuntergang und sang aus voller Kehle [...]. Nie habe ich meinen Vater so wild gehasst wie an jenem Tag.«

Doch bevor die Familie wegzog, sollte Colette bei der Einweihung des neuen Schulhauses von Saint-Sauveur die offizielle Rede halten. Dr. Merlou, der zum Bürgermeister gewählt worden war, leitete die Zeremonie. Diese Abschiedsrede, die sie in einem jungfräulich weißen Kleid vortrug, war nicht ihr letztes Wort zum Thema Schule.

Achille war, laut Colette, als junger Mann bemerkenswert »gut aussehend und verführerisch«. Er sollte erst relativ spät – mit fünfunddreißig Jahren – heiraten. Als Junggeselle, bezaubernd zu seinen Patienten und wählerisch im Hinblick auf Frauen, ließ er sich auf mehrere Abenteuer ein. Einem Freund vertraute er an, vor fünf

Jahren eine Geschlechtskrankheit überstanden zu haben, die er sich wahrscheinlich in Pariser Bordellen zugezogen hatte. Colette beschrieb, wie eine junge Dorfschönheit ihm in seiner Praxis ihre Jungfräulichkeit anbot. »Sie entblößte einen so stattlichen, so festen, so straff in seiner Haut steckenden Körper, dass mein Bruder nie wieder seinesgleichen sehen sollte.« Sie liebten sich in seiner Praxis und auf den Feldern. Sie bekam einen Sohn mit den lockigen Haaren seines Vaters, auf den sie irrsinnig stolz war. Sido sah dieses Enkelkind einmal und »musste fortgehen … ich hätte es ihr sonst weggenommen«.

Sido behauptete, sie habe in Achilles Herz »keine Rivalin«, aber auch Colette musste zugeben, dass ihre Mutter durch seine Affären »gewöhnlich«, das heißt gedemütigt und beschmutzt wurde. »Ach! dass ich sie so verkleinert wiedersähe«, schreibt sie in *Die Freuden des Lebens*, »die Wangen glühend vor Eifersucht und Zorn!« Eine ihrer eigenen ersten und prägenden Leidenschaften war ihre Eifersucht auf die Eifersucht ihrer Mutter auf Achille.

Doch Colette war inzwischen dem »schwierigsten Alter« entwachsen und befand sich in der Phase »der großen Hingabe, der Berufungen«. Achille nahm sie auf seine Hausbesuche mit und lehrte sie, ihm zu assistieren. Sie lernte, Arzneimittel abzuwiegen und Wunden zu nähen; sie knüpfte die Fäden, für die seine Finger zu dick waren. »Ich wollte Ärztin werden«, erklärt sie. Das ist umso ungewöhnlicher, als es in ganz Frankreich nur sieben Ärztinnen gab.

Diese Hausbesuche ergänzten Colettes Schullektionen. Dabei entdeckte sie, dass ihr nichts Natürliches je fremd sein würde (außer vielleicht die Mutterschaft), nicht jedoch das »Blut, das wild aus der Vene sprang«, wenn sie einen Stich machte, und auch nicht die »friedliche Verderbtheit der ländlichen Sitten, wie sie da erwacht und im reifen Gras […] oder zwischen den warmen Leibern des ruhenden Viehs ihre Befriedigung findet. Paris und das Quartier Latin hatten [Achille] nicht auf so viel Wissen, Geheimnis und Vielfalt vorbereitet«, was die Erotik anging. »Aber auch an Unverfrorenheit fehlte es nicht, besonders bei den Mädchen.« Da war sie im Element ihrer späteren Prosa.

2

Colette erholte sich gerade von einer schweren Grippe, als Willy, eine Woche vor ihrem siebzehnten Geburtstag, mit Jacques in Châtillon ankam. Inzwischen wusste die Familie von ihrer Romanze und betrachtete die beiden als inoffiziell verlobt. »Es ist ein hübscher Säugling [!] von achtundzwanzig Monaten«, schrieb Sido an Juliette, »dessen Mutter im Sterben liegt [sic!]. [...] Dieses Kind sollte es Gabri ermöglichen, sich durch den Haupteingang Zutritt zur Familie Gauthier-Villar zu verschaffen, denn sein Großvater ist verrückt nach diesem Kind und er muss wegen des Kleinen der Heirat seines Sohnes mit einem jungen Mädchen ohne Mitgift zustimmen; und wenn das nichts nützt, dann, glaube ich, wird man [der Familie] die Leviten lesen müssen.«

Colette behauptete, Sido habe Willy immer gehasst und nie gewollt, dass sie ihn heirate. Dieser Brief spricht für das Gegenteil. Nicht nur scheint es Sido nichts ausgemacht zu haben, dass Willy eine Geliebte hatte, wenngleich sie sterbenskrank war und überdies einen Sohn besaß. Auch dass er ihrer Tochter den Hof machte (und, wenn man zwischen den Zeilen liest, sie auch verführte), während er in Paris mit einer Mätresse zusammenlebte – dass er ihr Haus gewissermaßen durch die Hintertür betreten hatte –, das alles betrachtete Sido als taktischen Vorteil.

Varennes unveröffentlichte Notizen machen diese sich überschneidenden Mitteilungen, obskuren Motive und Lügen nur noch verworrener: Colette erfuhr von ihrem Vater, dem sich Willy anvertraut hatte, dass dieser Witwer und Vater eines dreijährigen [sic!] Jungen sei, dessen Mutter [...] kürzlich gestorben war – ein

Umstand, der [ihre romantischen] Gefühle nur noch steigerte. [...] Die Reise mit seinem kleinen Jungen nach Châtillon-Coligny, um Sido kennen zu lernen und um Gabrielles Hand anzuhalten [...] war das reizende Vorspiel zu der Heirat, die [sechzehn Monate] später stattfinden sollte.«

Willy war nicht nur für den Hauptmann, sondern für die ganze Familie Colette ein attraktiver zukünftiger Schwiegersohn. Sido war mächtig stolz, jetzt einer Schriftstellerfamilie anzugehören, und Willy hatte viel mit den Landoys gemeinsam, denen er ebenfalls sympathisch war. Sidos älterer Bruder Eugène war 1880 gestorben, aber ihr jüngerer Bruder Paul war auch ein bekannter Journalist, Verleger und Theaterdirektor. Eugènes Sohn, der Humorist Raphaël Landoy, unterhielt Willy in Brüssel aufs Amüsanteste. Er nannte ihn »*mon cher alter magot*« – ein Wortspiel auf »Alter Ego«, das auch »Kerl« bedeutet. Willy hatte Achille und Léo, die ihm bei seinen Rezensionen halfen und seine Leidenschaft für Musik teilten, seit langem bezaubert.

Willys Familie nahm die Ankündigung der Verlobung mit einigem Schrecken auf. In jenem April fuhr Colette allein nach Paris. Sie wohnte bei einer Freundin der Familie, Madame Cholleton. Sie war die Witwe eines Generals, mit dem zusammen Hauptmann Colette St. Cyr besucht und später in Algerien und auf der Krim gekämpft hatte. »Wenn die Colettes, ruinierte Provinzler, keinen guten Eindruck machten«, schreibt Claude Pichois, »dürfte die Witwe des Generals [...], Gabris Anstandsdame, der Familie Gauthier-Villars Vertrauen eingeflößt haben.«

Unter einer Anstandsdame würde man sich demnach eine strenge Gestalt in schwarzem Taft vorstellen, die ihren Rosenkranz umklammert hält. Nichts dergleichen. Die in Algerien geborene Witwe Cholleton hatte ihren Mann dort kennen gelernt, als er bei den Zuaven diente und sie in der Oper im Chor sang. Colette sah in »Madame la Générale« eine »konvertierte Jüdin«, die »mich ein paar gute Haremsbräuche [lehrte], unter anderem die Gewohnheit, das Bedürfnis, Kajal zu benutzen. Als Witwe blieb sie so mancher afrikanischen Koketterie treu, zum Beispiel dem Lockenwickeln, den Rosenkränzen aus blauen Perlen, aus Gazellenkötteln, den beschwörenden Fetischen.« Sie beköstigte Colette mit »Couscous und den fettigen Süßigkeiten Oraniens« und schockierte sie durch ihr Flirten mit dem Hausdiener. »Ich war in dem unversöhnlichen Alter, das den reifen Menschen das Recht abspricht, verliebt zu lieben.«

Was ihre Diskretion als Anstandsdame betraf, gönnte Madame Cholleton Gabri so viele Theaterabende in Begleitung ihres Verlobten, wie sie wollte. Colette benutzt diese Erfahrung bei ihrer Darstellung einer berühmten Szene in *Claudine*. Claudine und ihr »Onkel« Renaud besuchen ein Schauspiel, und es ist fast Mitternacht, als das Stück endet. Claudine möchte über die Boulevards spazieren. Sie kommen an einem Café vorbei und sie bittet, sie möchten hineingehen, sie sei durstig. Renaud hat Bedenken; es sei eine laute Spelunke der Boheme. »Umso besser!«, antwortet Claudine. Sie bestellt ein Glas Asti, dann noch eines, und die »süße, verräterische Glut« des Weins steigt ihr zu Kopf. »Sie trinken wie ein Säugling«, sagt Renaud zu ihr, »alle Grazie der Tiere ist in Ihnen.«

Im Taxi auf dem Weg nach Hause bittet sie Renaud, sie zu küssen. Als er der Versuchung widersteht, wirft sie ihm in eifersüchtiger Wut vor, sie loswerden zu wollen, um mit seinen anderen Frauen schlafen zu können. Erregt und zitternd bringt er sie zu ihrer Tür. Am nächsten Tag beschließt sie – ihres »Schicksals« gewiss –, sich ihm anzubieten: »Wegen meines edlen Vaters, dem Wahnsinnigen, brauche ich einen Papa, einen Freund, einen Geliebten … Mein Gott, einen Geliebten! […] Meine Freiheit lastet schwer auf mir, meine Unabhängigkeit bringt mich zur Verzweiflung; was ich seit Monaten, seit langem schon, gesucht habe, ist ein Herr und Meister.«

Willy behauptete später, diese Romanszene sei eine genaue

Beschreibung der tatsächlichen Ereignisse, nur mit einem kleinen Unterschied: Colette wartete nicht bis zum Morgen mit ihrem Ausruf: »Ich sterbe, wenn ich nicht deine Geliebte sein kann!« Und wer weiß, vielleicht verhielt er sich so ehrenvoll wie Renaud. Aber Colettes Abenteuer als Frau begann, so schrieb sie, in »einem sträflichen Rausch, einer scheußlichen und unreinen Jugendschwärmerei. Sie sind zahlreich, die gerade heiratsfähigen Mädchen, die davon träumen, das Schauspiel, das Spielzeug, das ausschweifende Meisterwerk eines reifen Mannes zu sein. Ein hässliches Verlangen [...]«

Jacques Gauthier-Villars blieb bis Juli 1892 in Châtillon, wohnte mit einer Amme im Haus neben den Colettes und »nahm«, wie Sido Juliette erzählte, »viel von meiner Zeit in Anspruch«. Willy hatte inzwischen seine Mutter, die ihr Enkelkind noch keines Blickes gewürdigt hatte, überredet, es großzuziehen. Er kam, um Jacques nach Paris zurückzuholen, und fuhr dann nach Bayreuth, um für *L'Écho de Paris* über die Wagner-Festspiele zu berichten. Er litt an einer unbestimmten Krankheit; das »quälte« Sido, die fürchtete, »all das könnte nicht zum Besten ausgehen«.

Colette hat sehr wenig über diese Zeit geschrieben, außer der Bemerkung, dass »das rauschhafte Gefühl eines verliebten Mädchens weder so beständig noch so blind [sei], wie sie glauben möchte. Aber ihr Stolz lässt sie stumm und tapfer bleiben«. Willy stattete ihr während ihrer Verlobungszeit nur selten Besuche ab, dann brachte er ihr Bücher oder Süßigkeiten mit. Ihre Eltern, etwas verspätet um ihren guten Ruf besorgt, hatten ihm verboten, ihr teure Geschenke zu machen, was seiner Neigung zum Geiz zweifellos entgegenkam. Wenn er abreiste, begleitete sie ihn immer die paar hundert Meter zum Bahnhof, um ihn ein wenig für sich zu haben. Ihre Brüder neckten sie wegen seiner Kahlköpfigkeit, und die Mutter sagte: »Wollt ihr wohl still sein! [...] Müsst ihr der Kleinen unbedingt wehtun?« Worauf Achille antwortete: »Das ist sehr gut für sie. [...] Sie wird noch mehr Kummer erleben, wenn sie erst verheiratet ist. Das härtet sie ab.«

Colette musste allen Stolz und alle Selbstüberzeugung aufbieten, denn die Verlobung wurde von ihrer Schwiegerfamilie immer noch für höchst »bedauerlich« gehalten und galt als skandalumwittert. Sowohl die Familie der Colettes als auch Willy erhielten anonyme Briefe, die in Saint-Sauveur aufgegeben waren. Die an die Familie adressierten Briefe »machten Willy schlecht«, wie Sido Juliette erzählte, so dass die Colettes sich gezwungen sahen, so zu tun, als sei die Heirat verschoben worden. Die an Willy gerichteten Briefe dürften Colettes Ehre in Zweifel gezogen haben, denn viele Jahre später, als er selbst gern ihre Ehre kritisierte, erfand er eine Gestalt namens »Vivette Wailly«, die er dann als jenes »gewitzte kleine Frauenzimmer vom Lande [beschrieb], das fast sterbend vor Armut in ihrer Gegend nicht zu verheiraten war«, weil es mit einer Musiklehrerin weggelaufen war.

Im November 1892 unternahmen Colette und der Hauptmann eine Reise nach Paris, bei der sie endlich Willys Eltern vorgestellt wurde. Er zeigte ihr die künftige gemeinsame Wohnung, die bis hin »zu den Pfannen und Töpfen« vollständig eingerichtet war. Viele Jahre später erzählte Colette einem Freund, »ohne die grundehrlichen Gauthier-Villars hätte [Willy] mich nach drei Jahren [sic!] Verlobung nicht geheiratet«. Seine eigenen Briefe erzählen eine andere Geschichte. Im April 1893 schrieb er aus Châtillon an seinen Freund Marcel Schwob, er »träume vom Heiraten und sei von der akrobatischen Grazie seiner hübschen kleinen Colette ganz hingerissen. In einem Monat werde ich sie geheiratet haben. Da hast du es. Ich werde keinen Sou besitzen. Na schön!« Wenige Tage später kündigte er seinem Bruder Albert seine Heiratspläne an:

> Auf ein Wort. Ich habe dich gerade nicht treffen können, um dir ein Ereignis anzukündigen, von dem du vielleicht

schon im Haus hast reden hören [...]. Ich werde die Tochter des Hauptmanns (von Châtillon) heiraten und bin glücklich, mich einer Familie, die sich geradezu rührend um Jacques gekümmert hat, erkenntlich zu zeigen. Meine Frau hat übrigens keine Mitgift, was unseren Eltern nicht angenehm ist. Aus ihrer Sicht haben sie Recht, davor zurückzuschrecken. Nach meinem Gewissen kann ich nicht anders handeln. Könntest du diese Nachricht bitte an Valentine [Alberts Frau] weitergeben, deren Familie in schrille Schreie ausbrechen wird. Aber eine Ehe wie deine, in der sich köstliche Zärtlichkeit und ... wie soll ich sagen? ... sichere Behaglichkeit verbinden, ist so selten! Ihr habt es geschafft, die Liebesheirat mit der Geldheirat zu vereinen. [...] Was mich angeht, ich mache keine Geldheirat, o nein! Wenn ich mich frage, mit welchem Recht ich das eine »Liebesheirat« nenne, dann antworte ich mir, vielleicht mit keinem. Die Liebe, die grandiose, die brennende und bohrende, ist, so glaube ich, ein Schwindel der Romanschreiber. Und wenn es Bruchstücke dieser idealen Sache gibt, dann bestattet man sie in Bagneux [dem Friedhof, in dem Germaine begraben lag], man ersetzt sie nicht, mein Lieber ...

Albert Gauthier-Villars antwortete rasch und Willy ging auf seine Einwände ein:

Du sagst, dieses junge Mädchen werde eine sehr schwierige Stellung haben. Doch wo denn? Du wirst mich nicht für so schwachsinnig halten, dass ich sie, was zum Teufel, den Meinen aufzwingen werde. Wir werden sehen! Meine Eltern sind überzeugt, das sei eine bedauernswerte Ehe. Ich bin weniger überzeugt. Wenn sie ihre Meinung ändern, umso besser, und [Colette] wird wahrscheinlich tun,

> was sie kann, um das zu bewirken. Wenn sie dabei bleiben, was ihr gutes Recht wäre, ihr die kalte Schulter zu zeigen, obwohl sie das nicht verdient hat, werde ich bestimmt nicht daran arbeiten, dass sie diese Einstellung aufgeben. […] Schließlich sagst du, ich heirate ohne viel Freude. Du hast Recht, es ist wahr, daran kann ich nichts ändern, alle glauben, ich hätte nach dem Schlag, den ich habe einstecken müssen [den Tod Germaines], meine Ohren geschüttelt wie ein nasser Hund und alles vergessen. Das ist vielleicht nicht ganz wahr.

Auch 1893 war ein Mann nicht verpflichtet, eine junge Frau nur deshalb zu heiraten, weil ihre Familie ihm geholfen hat, für seinen Sohn eine Amme zu finden. Wenn Willy »nach seinem Gewissen« nicht anders handeln konnte, dann musste er eine drängendere Verpflichtung verspürt haben. Vielleicht hatte er wie der Liebhaber von Louisette »sich nicht so verhalten, dass …«, wahrscheinlich aber hatte er genug getan. Colette erzählte später ihrem dritten Ehemann Maurice Goudeket, Willy habe sie vor ihrer Ehe vergewaltigt. Diese Beschuldigung lässt sich nicht verifizieren, noch weniger datieren. Aber Sidos Äußerung, man müsse den Gauthier-Villars »die Leviten lesen«, spricht eine deutliche Sprache. Zugleich liegt darin auch der Hinweis auf einen heiklen Kompromiss. In nüchterneren Augenblicken scheint Colette, ähnlich wie ihre Mutter, hinsichtlich ihrer ersten Ehe eher praktisch gedacht zu haben: »Was willst du?«, sagte sie im Alter zu einem Freund. »Ich hatte nicht die Wahl, ich hätte sonst nur entweder ledig bleiben oder Lehrerin werden können.«

Das Aufgebot wurde in der letzten Aprilwoche bestellt und die Feier für die zweite Maiwoche anberaumt. Am vierten Mai enthielt die Klatschspalte des *Gil Blas* eine hässliche kleine Notiz: »Gesprächsthema Nummer eins in Châtillon ist der heftige Flirt zwischen einem unserer geistreichsten Pariser *Clubmen* und einer exquisiten Blondine [sic!], die in der Gegend wegen ihres Haars berühmt ist. Es scheint, als ob das Wort Heirat noch nicht gefallen ist. Daher raten wir der liebreizenden Besitzerin von zwei wundervollen goldfarbenen Zöpfen dringend, sich – auf Anraten von Mephistopheles – ihre Küsse zu sparen, bis sie einen Ring am Finger hat.«

Willy forderte den Verleger zu einem Duell und verletzte ihn am Bauch. »Dabei hätte ebenso gut Willy verwundet werden können«, sagte Sido zu Juliette, »und Gabri ist fast so aufgeregt, als sei er das auch«.

Sidonie-Gabrielle Colette und Henry Gauthier-Villars heirateten am 15. Mai 1893. Die Eltern des Bräutigams hatten ihre Zustimmung gegeben, kamen aber nicht zur Hochzeit. Sie entzogen Willy den Posten im Familienbetrieb und reduzierten seine finanzielle Beteiligung daran auf einhunderttausend Francs in Aktien und ohne Mitspracherecht. Die Halbschwester der Braut und deren Gatte wurden nicht eingeladen, obwohl sie mit Sido wieder Kontakt hatten. Wie Sido Charles Roché erklärte, habe Achille sie nicht dabei haben wollen, aber »ohne ihn und seine Hilfe wäre diese Heirat gar nicht zu Stande gekommen«. Es ist unklar, was für eine Hilfe er leistete, aber vielleicht zahlte er Colettes Aussteuer, die laut Ehevertrag den Wert von fünftausend Francs haben sollte, und eine kleine Treuhandschaft, die noch weitere dreitausend einbrachte.

»Hat man jemals eine stillere Hochzeit gesehen?«, fragte Colette rhetorisch. Es gab, vielleicht wegen des ganzen Geredes, keine Fotografen. Der standesamtliche Teil fand im Rathaus statt und die kirchliche Trauung, eher eine einfache Segnung denn eine Messe, am selben Nachmittag. Die Braut trug ein Kleid aus weißem Musselin mit roten Nelken und anstelle eines Schleiers oder Diadems um die Stirn ein breites Satinband – »*à la Vigée-Lebrun*«.

Zwischen den beiden Zeremonien zogen sich Willy und seine beiden Trauzeugen, Pierre Veber und Adolphe Houdard, mit Colettes Trauzeugen, ihrem Cousin Jules Landoy und Achille, zurück, um einen Zeitungsartikel zu schreiben. Die Braut, »daran gewöhnt, auf dem Rücksitz Platz zu nehmen«, schlüpfte derweil in den Garten. »Konnte es sein, dass ich dort, bei den Tomatensetzlingen und der gescheckten Katze, einen Augenblick lang ahnte, dass ich einen Fehler gemacht hatte und mir nun Mut zusprach?«

Nach der Kirche setzten sie sich zu einem einfachen, wenngleich reichhaltigen Hochzeits-»Frühstück« (um sechs Uhr nachmittags), dessen denkwürdigster Gang aus einem Seehecht in *sauce mousseline* bestand. Der Champagner machte Colette schläfrig, und sie sank am Tisch um. Sie wurde rechtzeitig von Sido geweckt, um »die Torte anzuschneiden, die Nougatzinnen niederzulegen, mit der silbernen Tortenschaufel den grün- und rosafarbenen Zuckerguss zu zerstören …«

Es war ein ungewöhnlich warmer Abend. Die Dunkelheit war hereingebrochen und die Gäste waren verschwunden, als die Frischvermählten sich in ihr Zimmer zurückzogen. Am anderen Morgen trennten Colette »tausend Meilen, Abgründe, Entdeckungen, Metamorphosen« von ihrer Kindheit. Doch es gibt eine Koda zu diesem Kapitel ihres Lebens.

Die Braut kam nach unten, schreibt Colette, fand Sido in der Küche beim Anrühren der Morgenschokolade. Sie trug noch ihr Abendkleid aus schwarzer Seide, ihr Gesichtsausdruck war unendlich traurig. Es lohnt sich innezuhalten und die Gestalt dieser trauernden Ceres und die Angst, die sie erfüllt, zu betrachten. In dem kleinen Haus, in dem ihre Tochter (zumindest offiziell) ihre Jungfräulichkeit verlor, hatte die Mutter sich nicht zu Bett begeben; sie war die ganze Nacht wach geblieben, sichtlich gequält und unglücklich. Sido konnte den Gedanken nicht ertragen, dass Colette »mit einem fremden Mann wegging« oder auch nur, dass sie in ein erwachsenes Sexualleben eintrat, Colette ihrerseits hielt die Traurigkeit ihrer Mutter kaum aus.

Bei dieser Szene fühlte ich mich an Tania Blixens Bild für die Qual der Trennung erinnert: die Geschichte von Jakobs Ringen mit dem Engel in der Bibel. »Ich lasse dich nicht«, sagt Jakob zum Engel, »du segnest mich denn.« Sido überließ ihrer Tochter viele Gaben von unschätzbarem Wert, doch gab sie ihr für ihr Weggehen nie den Segen.

ZWEITER TEIL

7. KAPITEL

So viele Frauen möchten verdorben werden, aber nur wenige sind auserwählt!
Colette, LE PUR ET L'IMPUR

I

Ein Sonntag im Herbst 1893. Die Straßen von Paris sind leer, die Cafés voll, die Rosskastanien changieren bernsteinfarben unter dem gewaltigen Himmel und die Abenddämmerung senkt sich nieder. Colette und Willy haben mit seinen Eltern in Passy gespeist. Das Kindermädchen brachte den kleinen Jacques in den Salon und die junge Stiefmutter, seine *»petite maman«*, nahm ihn auf den Schoß. Sie trug ihre Hochzeitsperlenkette und ein Kleid in *lie-de-vin*, dem Dunkelrot des Bodensatzes im Bordeauxwein, mit rundem Leinenkragen. Der rostrote Zopf, den fast jeder erwähnt (»dieses Haar fällt auf«), schlängelte sich wie eine schlafende Python auf dem Sessel neben ihr. Wollte das Kind ihn berühren? Bestimmt.

Sie verabschiedeten sich und machten einen kleinen Spaziergang, um die sonntägliche Trägheit nach zu viel Essen und zu viel gestelzter Freundlichkeit abzuschütteln. Nach alledem hätte Colette so sehr eine zärtliche Geste gebraucht, während Willy sich eine Zigarre anzündete und vielleicht darüber nachdachte, was er für Opfer gebracht hatte, ein Mädchen ohne Geld zu heiraten, und – als er eine Droschke rief und sie ihre Röcke raffte, um einzusteigen – wie diese Opfer auszugleichen wären.

Als die Straßenlaternen angezündet wurden und die Kirchenglocken läuteten, fuhren sie nach Norden, durch Straßen, an denen damals noch Landhäuser mit großen Gärten lagen. Der Wagen näherte sich dem Triumphbogen und fuhr die Avenue Hoche hinab, dann hielt er vor einer Villa aus dem Zweiten Kaiserreich mit auffallender Marmorfassade. Eine nackte Venus stand im pompejanischen Vestibül. Dort übergaben sie ihre Mäntel einem livrierten Diener. Dann gingen sie in den ersten Stock hinauf und betraten einen riesigen Empfangssaal, in dem dicht gedrängt alte Meister hingen und die Stühle knapp waren. Inzwischen war der Saal recht voll.

André Billy beschrieb den Salon von Madame Arman de Caillavet als eine »Kapelle« und ihre Sonntage als »Gottesdienste«, die vom Hohenpriester Anatole France, ihrem Geliebten, zelebriert wurden. Élisabeth de Gramont, Herzogin von Clermont-Tonnerre, verglich den Raum mit einem »Bahnhof« und France mit einem Bahnhofsvorsteher, obgleich sie im selben Kapitel auch von einer »Börse« spricht, deren *raison d'être* in ihrer »Nützlichkeit«, im »Austausch von Dienstleistungen« bestand (wobei sie ihren aristokratischen Widerwillen als demokratische Bewunderung bemäntelte). Die ehrgeizigen Journalisten, Schriftsteller und Politiker, die die Herzogin hier traf, vermittelten ihr »einen kleinen Einblick in die Bestandteile des [ganz anderen] Milieus, aus dem ich stammte. Dieses Milieu bat um nichts, denn es hatte nichts anzubieten. [...] Aber es bewahrte den Zauber der Vergangenheit, der Eleganz, des Spaßes und der Kunst, sich zu vergnügen.«

Colettes Milieu lag dem Milieu der Madame Arman ebenso fern wie das der Madame de Gramont, obwohl die Wege beider – aus dem Dorf und aus dem Schloss – zusammenfallen sollten, wie sie in Prousts Meisterwerk in der klassenlosen Zuflucht von Lesbos zusammenfallen.

Willys Ehe weckte in seinem riesigen Bekanntenkreis, der sich bei Madame Arman zum Sonntagstee versammelte, große Neugier, handelte es sich doch dabei weder um eine Zweckheirat noch offenbar um Liebeswut. Ebenso wenig schien eine solch »schändliche Vereinigung« vorzuliegen, wie Proust sie bewunderte, die den trotzigen Mann von Welt abschneidet von der Gesellschaft, in der er sich mühsam eine Position geschaffen hat. Diese Heirat schien eine Kaprice zu sein, und Colette merkte, als sie im Salon Hände schüttelte, dass die illustren Männer und Frauen, die sie da traf, nach einem Schlüssel zu ihrem geheimen Wert suchten. Doch den lieferte sie nicht, zum einen aus Stolz, aber nicht minder, weil sie ihn selbst nicht besaß.

Willys Sinn für »Nützlichkeit« war ungewöhnlich ausgeprägt. Er unterhielt wenige Beziehungen, die er nicht ausbeutete. Und da Colettes Talent und dessen Lukrativität sie noch nicht zu »diesem kostbaren Kind« gemacht hatten – diesen Ausdruck verwendete er später Rachilde gegenüber –, behandelte er sie mit einer Lässigkeit, die bei ihr den Eindruck verstärkte, sie sei in dieser Welt kaum etwas wert. Mit den Gedanken bei seinen Geschäften, stellte er sie irgendeinem Freund vor, einem gebildeten, melancholischen Kenner des Schönen. Nach ein paar Worten ging er, um sich anderen Gästen zuzuwenden, und überließ die beiden ihrem Plaudern über einen weltläufigen Gegenstand, bei dem Madame Willy mitreden konnte: Monsieur Willy.

2

Nach Colettes Urteil war das erste Jahr ihrer Ehe mit Willy die unglücklichste Zeit ihres Lebens, sieht man einmal von den sechs Wochen Ende 1941 ab, als ihr dritter Mann von den Nationalsozialisten gefangen genommen wurde. Allerdings ist 1893 auch so gut wie nicht dokumentiert; es sind fast keine Briefe aus diesem

Jahr hinterlassen. Zwar schrieb sie regelmäßig an ihre Mutter, aber Achille oder dessen Frau verbrannten diese Korrespondenz nach Sidos Tod. Sie muss auch Dutzende von Dankesbriefen verfasst haben, denn wie die meisten ihrer Zeitgenossen war sie ziemlich zuverlässig in der Beantwortung ihrer Post. Aber sie war ja ein Niemand – »für manche Leute unsichtbar und nicht vorhanden, für andere allzu sichtbar und irgendwie entehrt« –, so dass diejenigen, die in Paris so angesehen waren, dass ihr Nachlass aufbewahrt wurde, den ihren nicht erhalten haben. Daher bleiben uns nur Colettes eigene, höchst selektive Erinnerungen.

Das Selbstporträt, das Colette im Alter von zweiundsechzig Jahren von sich als Braut zeichnete, ist wenig überzeugend, zum Teil, weil es zu blass und leblos ist, um wahr zu sein. Interessanter ist, in welchem Verhältnis die schrecklich schlaue und selbstbeherrschte alte Frau zu dem jungen Mädchen steht, dessen Geschichte sie erzählt. Claude Pichois, einer der scharfsinnigsten Kritiker Colettes, schreibt: »Nach Willys Tod erzählt sie […] über ihr Eheleben so schwarz, wie es ihr gerade passt, wobei sie der Öffentlichkeit geschickt eine Karikatur ihres Ehemanns hinterlässt. Die Wahrheit ist anders.«

Es ist gewiss gefährlich, jemanden beim Wort zu nehmen oder seiner Erinnerung zu trauen, wenn es um den Charakter seines ehemaligen Gatten geht. Unwillen wächst langsam, und manchmal ist die Frucht erst reif, wenn der Baum bereits abgestorben ist. Für Colette war Leidenschaft häufig ein Betäubungsmittel. Wenn es nachließ, blieb bei ihr ein Gefühl der Wut über den Schmerz zurück, und sie dachte nicht mehr daran, mit welch perversem Stolz sie diesen Schmerz einst ertragen hatte. »Man erwartet von dem Mann, den man liebt, nicht, dass er einen glücklich macht«, vertraute sie einem jungen Freund einmal offen an. »Es geht nur darum, in seiner Gegenwart zu leben und das zu erdulden.«

Nach der Scheidung nutzte Willy einen seiner Romane, um Colette aufs Korn zu nehmen. Seine Karikaturen waren verletzend, wenngleich so schlecht gezielt, dass sie recht harmlos wirkten. Seine Erinnerungen enthalten ein paar wenig schmeichelhafte, aber glaubwürdige »Richtigstellungen« ihrer alten Fehden. Aber er scheute sich, von der Frau, die er »meine Witwe« nannte und deren Talent er nie aufhörte zu rühmen, ein definitives Bild zu geben. Colette war weniger zurückhaltend. Sie veröffentlichte *Meine Lehrjahre* vier Jahre nach seinem Tod. Ausschweifend in den Details wie in ihrer Boshaftigkeit, ist dies eine der vernichtendsten Elegien, die je über einen verstorbenen Ehemann oder über ein Werk geschrieben worden sind.

Doch selbst wenn wir *Meine Lehrjahre* nicht für wahr halten, sollten wir sie doch als Colettes Wahrheit akzeptieren. Das Buch beginnt mit vier rätselhaften kleinen Fin de Siècle-Porträts, denen sie – der Ausdruck ist wichtig – »ohne Liebe« eine besondere Stellung einräumt. Sie erinnern unweigerlich an jene Bronzefiguren, die Gottheiten von Liebe und Tod, die Freud zu eben dieser Zeit als Talismane menschlicher Absonderlichkeit in seinem Sprechzimmer stehen hatte.

Colettes erste Figur ist ein namenloser junger Mann, den sie als »Asketen« bezeichnet und den man heute einen abstinenten Mitläufer nennen könnte. Er verbringt sein Leben in der Gesellschaft von Süchtigen, tut so, als trinke er und als rauche er Opium wie die anderen; »umdrängt, umschwärmt, gestützt« von ihnen, bezieht er aus diesen »vorübergehenden Freundschaften« zu den lebenden Toten eine »triste Glückseligkeit«. »Es ist leichter, wirklich zu rauchen und zu trinken«, sagt Colette, »als nur so zu tun, und die Enthaltsamkeit – auf allen Gebieten eine Seltenheit – verrät eine Fähigkeit zum Trotz und zur Virtuosität.«

Die zweite Gestalt ist ein achtjähriges Mädchen, das »schon zu viel über die verschiedenen Arten wusste, sich furchtbar zu amüsieren«. Sie versteckt sich im Garten, lässt ihre Mutter verzweifelt nach sich suchen, hört, wie die Stimme der Mutter immer heiserer und hoffnungsloser wird, dann springt sie heraus, tut so, als sei sie außer Atem und ergeht sich in falschen Entschuldigungen für ihre Abwesenheit. (Die Beschreibung erinnert an das Bild, das Colette von sich in *La Maison de Claudine* gibt, wo sie auch herbeirennt und vorgibt, »außer Atem« zu sein, obwohl sie nur aus Adrienne de Saint-Aubins Haus kommt.) Colette fragt sie, was für einen Unfug sie mit zwanzig anzustellen gedenke, und sie antwortet stolz: »Oh, ich werde schon etwas finden.«

Die dritte Person ist eine berufsmäßige Mätresse namens Zaza, die Colette eine »fette Weide und Vorratskammer des Mannes« nennt. Ihr Geliebter wird von seinem besten Freund vor dieser *femme fatale* gewarnt: sie werde ihn zerstören. Als dieser Freund selbst beginnt, sie aufzusuchen, nimmt Zaza Rache. »Sie lockte ihn, verstieß ihn, rief ihn zurück, kratzte mit einer Glasscherbe die vier Buchstaben ihres Vornamens in das Handgelenk des armen Mannes, bestellte ihn zu Rendezvous in einer Droschke [...] trug Hemden aus schwarzer Spitze, und – noch skandalöser – verweigerte sich ihm.« Der Mann stirbt und mit einer »Geste, die jedem zartbesaiteteren Zuhörer eine Gänsehaut verursacht hätte«, schloss sie weise: »Man darf den Teufel eben nicht in Versuchung führen, nicht einmal aus Dummheit. Dieser Dummkopf B. hat den Teufel in Versuchung geführt ...«

Der vierte und schönste Talisman ist die spanische Tänzerin Caroline Otéro, die berühmteste Kurtisane der Belle Époque und Mätresse von fünf Königen. Colette erklärt den Lesern, die sich wundern könnten, am Anfang ihrer Erinnerungen Otéros Namen zu finden, sie wolle damit »diesen Seiten ihren Ton geben«. Eine Anekdote vermittelt diesen Ton am allerbesten. Colette ist zu einem vertraulichen Abendessen in Otéros Haus geladen. Zu Gast sind ein paar alternde Frauen. Die Gastgeberin, in Negligé und Pantoffeln, verzehrt erst eine riesige Menge Eintopf und nimmt dann ihre Kastagnetten und tanzt zu ihrem eigenen Vergnügen bis zwei Uhr morgens. Ihr bricht der Schweiß aus und damit ein dumpfer Moschusgeruch, der »raffinierter ist als sie selbst«. Ganz nebenbei »gibt sie mannigfache Lehren« und sagt zu Colette: »Kleines, du siehst mir nicht gerade gewitzt aus. Denk daran, dass es im Leben eines jeden Mannes, selbst eines geizigen, immer einen Moment gibt, in dem er die Hand ganz weit aufmacht.« »Der Moment der Leidenschaft?« fragt Colette. »Nein der Moment, in dem du ihm das Handgelenk umdrehst.«

Colette lädt uns ein, diese vier Gestalten genauer zu betrachten: Ein Nekrophiler sozusagen, ein sadistisches Kind, ein mörderischer Schalk und eine geldgierige Sexgöttin, das sind die Karyatiden, auf denen ihre Erinnerung ruht, und auch die Epoche, auf die sich diese Erinnerung bezieht – eine Zeit, die wie das kleine Mädchen zu viel über die verschiedenen Arten wusste, sich furchtbar zu amüsieren. Was haben sie miteinander und mit der Autorin gemeinsam? Misstrauen, Trotz, geistige Leere und die Virtuosität ihrer Lügen.

3

Im Jahr 1893 veröffentlichte ein Journalist namens Georges Lecomte, einer von Willys zahlreichen dienstbaren Freunden, eine Darstellung von Gauthier-Villars Leben, bei deren Abfassung ihm wahrscheinlich dieser selbst behilflich war:

> Kurz nach dem Morgengrauen steht er auf, blättert die von der Presse noch feuchten Zeitungen durch, überfliegt die Rezensionen, versenkt sich in die [...] dunkelsten Gedichte, [...] liest die Artikel über Philosophie und Naturwissenschaften, [...] leitet einen bedeutenden Verlag [sic!], verschickt zehn Telegramme, schreibt zwanzig Briefe an Freunde, Frauen, Gelehrte, Theaterdirektoren, Minister, Schauspieler, Professoren des Collège de France, springt in eine Droschke, von der Droschke in eine Ausstellung,

> von dort platzt er in eine Generalprobe, hört das Stück, dann fährt er an die vier Ecken von Paris, um verängstigte Frauen zu trösten, startet eine Briefumfrage unter den Vizepräsidenten in den Departements und beobachtet jene in Paris, findet sich zu den musikalischen Fünfuhrtees ein, spielt Whist im Militärklub, [...] schreibt ein halbes Dutzend Berichte über die verschiedensten Themen, [...] frühstückt, isst zu Mittag, nimmt sich Zeit, sich seinen Freunden zu widmen und seinen Feinden gegenüber hart zu sein, verabreicht denen Prügel, die ihn stören, um schließlich, frisch, fröhlich und mit Vergnügen, sich im Theater niederzulassen und von dort weg zur Zeitung zu gehen, die schon im Druck ist, und den Bericht über den Abend zu verfassen. Dann kommen die Biere, der ungezwungene Schmaus und die Küsse. [...]
> Inmitten dieses fieberhaften Durcheinanders bleibt ihm genügend Kraft, um jederzeit geistreich und entspannt zu sein, [...] Blumen und Theaterkarten zu schicken, wenn nötig ein Duell auszufechten, seinen Freunden zu helfen, wenn sie in Bedrängnis sind, einen Monat im Jahr eine Kompanie zu befehligen, einmal im Jahr nach Bayreuth zu pilgern und viel öfter auf den Venusberg.

»Venusberg« war Willys Garçonnière im Dachgeschoss des Hauses, in dem die Buchhandlung Gauthier-Villar und die Druckerei untergebracht waren. Colette beschreibt dieses »Lager« voller Abscheu in *Meine Lehrjahre*. Es war mit all den Klischees eines verkommenen Junggesellendaseins ausgestattet: den typischen Farben eines Junggesellenklubs – die Wände schokoladenbraun und flaschengrün gestrichen –, Flocken aus Haaren und Staub neben einem durchgelegenen Bett, ein paar »erbärmliche« Ordner mit Willys Zeitungsausschnitten und einer pornografischen Sammlung. Hier entdeckte das junge Mädchen, das von einem dämonischen

Befreier geträumt und sich so spielerisch angeboten hatte, Willys »erotisches Meisterwerk« zu werden, dass sie stattdessen in Socken und Schlüpfer für eine schmutzige Postkarte posieren sollte.

Im Unterschied zu Claudine hatte Colette keine Flitterwochen. Willy verreiste nur, wenn ein Verleger ihm die Unkosten erstattete. Er fuhr mit seiner Frau auf Kosten der Eltern für zwei Wochen in den Jura. Seine Mutter war entsetzt, wie viel Butter und Marmelade ihre neue Schwiegertochter verdrücken konnte, und als sie zurückkamen, schob Willy sie (nach ihrer eigenen Beschreibung hatte sie das Gewicht eines Sofas) in die Wohnung, die er für sie beide in der Rue Jacob gemietet hatte.

Hier besaßen sie drei »dunkle« Zimmer im dritten Stock, zwischen zwei Höfen gelegen. Der quadratische Salon war mit dem Esszimmer verbunden. Er wurde mit einem weißen Kachelofen geheizt, dessen giftige Abgase Colette, wie sie sagt, müde machten. Im Schlafzimmer stand ein riesiger Spiegelschrank, der sie »traurig« stimmte, und man kann sich vorstellen, warum. Neben dem Schlafzimmer gab es einen Verschlag voller Gerümpel; dort brachte sie »Wanne, Schüsseln und Krüge« unter – eingerichtete Badezimmer waren noch ein seltener Luxus. Diese Räume fand sie, zumindest im Vergleich mit Willys Garçonnière, »angenehm«. Nur ein einziges, unheimlich exzentrisches Detail störte sie, das heutzutage von einem Grundstücksmakler, dessen Kundschaft aus Designstudenten besteht (die Fakultät der École des Beaux-Arts befindet sich am Ende der Straße), wahrscheinlich als wertsteigernder Kitsch angepriesen würde: Das Holzwerk, Täfelung, Türen und die Nische hinter dem Ofen waren vom Vormieter mit einem Mosaik aus über zweihunderttausend winzigen bunten Glasrauten verziert worden. »Eine Arbeit wie im Albtraum … Der Gedanke, dass ich zwischen diesen Wänden wohnen sollte, die Zeuge eines so geheimen Wahnsinns […] gewesen waren, entsetzte mich.«

Der erste Tag der Neuvermählten begann mit einem Frühstück in einer bescheidenen Crémerie, die von den Lieferanten der Rive Gauche frequentiert wurde. Dann machte Willy sich an seine Arbeit, wie Lecomte sie beschrieben hatte, und Colette kehrte in ihre Grotte zurück, wo sie nach ihren bitteren Worten die Muße einer Gefangenen und die Erholung einer Invaliden genoss. Sie schrieb jene verloren gegangenen Briefe an ihre Mutter und half Willy bei der Bewältigung seiner umfangreichen Korrespondenz. Wie alle Ehefrauen dieser Zeit führte sie ein Haushaltsbuch, und kein Einkauf – Briefmarken, Knöpfe, Kleiderbürste, ein Pfund Kirschen – war zu trivial, um aufgeschrieben zu werden. Sie hatte ein Hausmädchen und später eine Köchin, daher sollte man ihre Beteuerung, sie habe wie eine Almosenempfängerin gelebt, die sich von Süßigkeiten statt von Fleisch ernährte, eher als Metapher denn als Ausdruck tatsächlichen Mangels an Nahrung verstehen. Sie pflegte sich sorgfältig, spielte mit ihrer Katze, las beim Licht der Petroleumlampe und »vergrub« sich, wie sie schreibt, »vor allem, um Paris nicht kennen zu lernen«.

Am frühen Abend beanspruchte Willy dann wieder ihre Gesellschaft, wenn seine eigentliche Arbeit begann, seine unermüdliche Selbstdarstellung, die seinen Namen allmählich zu einem literarischen Markenzeichen werden ließ. Es gab kein wichtiges kulturelles Ereignis, an dem das Ehepaar nicht teilgenommen hätte. Nach einer Vorstellung, die von der »Platzanweiserin« rezensiert werden sollte, pflegte Colette im Gang von *L'Écho de Paris* zu warten, während Willy seine Druckfahnen korrigierte (»er war sehr empfindlich, was Druckfehler anging«). Kamen dann die Stückeschreiber Courteline oder Catulle Mendès vorbei und schenkten ihr etwas Aufmerksamkeit, erwachte sie zum Leben. Schließlich folgte sie ihrem Mann hungrig und müde ins Napolitain, ins d'Harcourt, zu Weber oder zu Pousset, wo er seine Freunde traf, seine Wortspiele anbrachte, an denen er den ganzen Tag über gefeilt hatte, und die jungen Schauspielerinnen und Models beäugte, die nicht minder damit beschäftigt waren, ihre Karriere zu befördern.

Colette erzählte ihrer Mutter, wie verlegen sie gewesen sei, als sie zum ersten Mal bei einem Grand Dinner ein tief ausgeschnittenes Kleid tragen und ihre nackten Arme und Schultern so vielen Fremden »unter die Nase« halten musste. Claude Pichois meint, darin zeige sich eine »liebenswürdige Bescheidenheit oder eine Vortäuschung von Bescheidenheit, die sie später überwand«. Er bemerkt zu Recht, sie habe sich zu viel über ihre Passivität und Entfremdung beklagt. »Natürlich war es nicht nur ein Vergnügen, sich in Longchamp [beim Pferderennen] oder im Palais de Glace [zum Schlittschuhlaufen im vornehmen Eispalast], im Theater, bei den Konzerten, in den Klubs sehen zu lassen und die [Salons] zu besuchen. Doch obgleich sie stolz und scheu war oder auch nur diesen Anschein erweckte, um die allgemeine Neugier anzustacheln, besaß Colette einige wirkliche Freunde.«

Sie kamen zur rechten Zeit. Ein Jahr oder achtzehn Monate nach ihrer Hochzeit hatte sie in den Wogen der Pariser Gesellschaft eine gewisse Standfestigkeit gewonnen und »Geschmack daran gefunden, durchzuhalten und mich zu verteidigen«. Bis dahin fühlte sie sich mit ihren Dekolletés jedoch weniger sicher und ärgerte sich über ihre Bedeutungslosigkeit als Willys mittellose Kindbraut vom Lande. In den Cafés, im Foyer der Opéra, in den überfüllten Garderoben, die um Mitternacht nach ranzigem Kaviar und verschütteten Getränken rochen, erntete Colette wie Claudine »Blicke und Worte, die nicht gerade Wohlwollen bezeugten. […] ›Wie jung!‹ sagt man. […] ›Woher kommt die Kleine?‹ – ›Vom Montmartre.‹ – ›Nein, sie muss slawischer Herkunft sein.‹« Und über ihren Mann: »Wie alt ist er denn, Renaud, dass er sich für kleine Mädchen interessiert?«

Diejenigen, die die junge Madame Willy wirklich beobachtet haben, geben einander widersprechende Eindrücke wieder. Einige, wie der Gesellschaftsmaler Jacques-Émile Blanche, der zu Ehren der Neuvermählten ein Essen gab, begegnete einem verschüchterten jungen Mädchen, das von Vetter Willy für seine Tischsitten gescholten und wie ein Kind behandelt wurde. (Sie drehte ihr Brot zu Kügelchen und schnippte sie weg.) Andere fanden sie temperamentvoll und ungeniert; sie habe, wenn sie in Stimmung war, gekonnt ihren ländlichen Charme spielen lassen.

4

Um Colettes unglückliche Lage beurteilen zu können, sollten wir uns Willy näher ansehen. »Was geschrieben werden müsste, ist der Roman dieses Mannes«, räumt sie ein. »Die Misslichkeit besteht darin, dass keine Menschenseele ihn näher gekannt hat.« Doch Willy war in seiner Selbstwahrnehmung ehrlicher als Colette. »Ich trage in meinem Herzen zu viel Verachtung gegenüber zu vielen Menschen und zu vielen Dingen, als dass ich nicht die ganze Zeit leiden müsste, selbst wenn ich mich amüsiere – auch das nur ein illusorischer Trost. Ich spüre jedoch, dass meine Einsamkeit eine Macht ist, der keine andere Macht entgegenwirken kann. Das ist der Grund, weshalb ich mich inmitten von dreitausend engen Freunden, die mich beneiden, mir übelwollen und deren Namen ich vergessen habe, abschotte.«

Indem er ein lebhaftes Mädchen heiratete, das zugleich unerfahren und ihm sehr zu Dank verpflichtet war, hoffte Willy vielleicht, eine »Macht« zu finden, die ein Gegengewicht bilden konnte zu dem, was im Grunde eine chronische Depression war. Wenn niemand ihn wirklich kennen lernen konnte, dann deshalb, weil er so viel von seiner Energie darauf verwandte, sein seelisches Chaos zu verbergen.

Willys Krankheit hatte einen zeitgenössischen Namen: *le mal du siècle*. Ihre Symptome – Nervosität, Vertrauensverlust, das Gefühl der Ausweglosigkeit, der Isolation, ein Unbehagen gegenüber der Gesellschaft, Misstrauen in persönlichen Beziehungen – hatten fast alle Künstler befallen und färbten alle bedeutenden literarischen Werke der Zeit. Für seinen Freund Marcel Schwob »spiegelte sich die innere Krise in der äußeren«, in den Serien anarchistischer Bomben und Mordanschläge, die Paris unsicher machten. Die Anspannung war spürbar in den Cafés und in allen öffentlichen Versammlungen.

Die bestehende Ordnung lag im weitesten Sinne unter Belagerung. Die legitime politische Führung, das religiöse Dogma, die wissenschaftliche Wahrheit, ja der Begriff der Objektivität überhaupt, wurden von den größten Geistern der Epoche in Frage gestellt. »Die Literatur dieser Zeit«, schreibt Theodore Zeldin, »befasste sich vor allem damit, das Wesen des Menschen zu enthüllen« und »Originalität [...] gewann einen moralischen Wert«. Wenn aber das Individuum ohne Gott neu definiert wurde und als das Allerwichtigste galt, dann sah man es auch als von Natur aus selbstbezogen und einsam an, und das war ein Schock, mit dessen Schrecken wir inzwischen umzugehen gelernt haben, auch wenn wir vielleicht nicht aufgehört haben, ihn zu spüren.

Die Männer und Frauen der Jahrhundertwende versuchten, je nach Temperament und Möglichkeiten, ihrer Einsamkeit »inmitten von dreitausend engen Freunden« abzuhelfen. Manche flüchteten in Halluzinationen wie Alfred Jarry, andere, wie Willy, in Ausschweifungen. Seine Freunde Léon Daudet, Charles Maurras und Maurice Barrès schlugen reaktionäre politische Lösungen vor, um diesem Verlust an Zusammenhalt und Identität zu begegnen. Die Zahl der Bewegungen und religiösen Kulte nahm zu, ebenso Gewalt, Mystizismus, Drogenkonsum und Selbstmorde. Allein in ihrer Grotte, träumte Colette davon, zu sterben und in Saint-Sauveur wiederaufzuerstehen, wo die Butter billig war und die Sonne schien. (Wie treffend war der Name ihrer Paradiesvorstellung!)

Diejenigen, die nicht gänzlich vom Pessimismus verseucht waren, verschrieben sich mit Nietzsche und Ibsen dem Glauben, es gebe sogar in dieser korrupten, erdrückenden und gottlosen bürgerlichen Welt noch etwas Wertvolles: den Willen, »der eigenen Persönlichkeit Ausdruck zu geben«. Willys Karriere war die Perversion eines solchen Willens. Er strebte danach, so berüchtigt wie möglich und damit moralisch äußerst wertlos zu sein.

Colette war, ohne es zu wissen, Nietzscheanerin. Durch ihr Leben im Dorf, ihre unkonventionelle Mutter, ihre Lust auf Arbeit, ihre eigene Vitalität und ihren Egoismus hatte sie ein ungewöhnliches Maß an Widerstand gegen die Vorstellung entwickelt, dass das Leben nicht lebenswert sei. Das reichte nicht, um ihre »Unschuld« zu bewahren, aber es half ihr, ihre Distanz und Entschlossenheit zu fördern. »In der Zeit meiner reiferen Jugend ist es vorgekommen«, schreibt sie mit sechzig Jahren, »dass ich hoffte, ›jemand‹ zu werden. Wenn ich den Mut gehabt hätte, meine Hoffnung ganz deutlich auszudrücken, hätte ich gesagt, ›jemand anderes‹. Aber das habe ich schnell aufgegeben. Ich habe nie jemand anderes werden können.«

Das sichtbarste Anzeichen für Willys Mangel war seine Obsession bezüglich Geld. Er war abwechselnd verschwenderisch und geizig. Er machte Schulden, verstrickte sich in dubiose Geldgeschäfte, lieh große Geldsummen von reichen Frauen und kleine von armen Freunden; »er deponierte sein Vermögen« unter falschem Namen und war schließlich wie Colettes Großvater gezwungen, aus dem Land zu fliehen, um seinen Gläubigern zu entgehen. »Niemand wusste etwas von seinen Verstecken«, sagt Colette. »Sein häufigster Ausspruch – ich kann ein Lied davon singen – war: ›Schnell, mein Kleiner, schnell, es ist kein Pfennig mehr im Haus!‹«

Anfangs fand Colette, selbst Kind bankrotter Eltern, es normal, mit leeren Taschen zu leben, ohne Wintermantel und mit einem gelegentlichen warmen Regen an Haushaltsgeld, das dann monatelang reichen musste. Ihr war vielleicht nicht bewusst, wie sehr Willy sie mit diesen kleinen Demütigungen dafür strafte, dass er aus seiner Sicht ein edles Opfer gebracht hatte, als er eine Braut ohne Mitgift nahm. »Meine Hochzeit?«, schrieb er an einen Freund 1893. »Aber ja, du schriebst mir ein paar Zeilen dazu. Ganz unter uns ... es war der Mühe nicht wert. [...] Ich habe eine völlig mittellose Frau geheiratet, und ich bin überhaupt nichts mehr im Buchgeschäft meines Vaters.«

Geld war Willys wahrer Fetisch und dessen Verehrung raubte ihm schließlich seine Kräfte, zerrüttete seinen Charakter und zerstörte seine Ehe mit Colette. »Zahlen, Zahlen«, sinniert sie, »wohin haben sie mich geführt, mich, die ich mich nicht um sie kümmerte? Ein Jahr oder achtzehn Monate nach unserer Heirat sagte Monsieur Willy zu mir: ›Sie sollten ein paar Erinnerungen an die Volksschule aufs Papier werfen. Und nur keine Angst vor pikanten Einzelheiten, vielleicht kann ich etwas daraus machen ... In der Kasse ist Ebbe.‹«

5

Im frühen Winter 1893/94 erhielt Colette einen anonymen Brief mit dem Hinweis auf eine Adresse am Montmartre, wo sie ihren Ehemann mit seiner Geliebten überraschen könne. Sie nahm eine Droschke zur Rue Bochart-de-Saron und klopfte an die Tür einer Wohnung im Zwischenstock. Als man sie einließ, befand sie sich in einem kahlen, aber sauberen Zimmer mit sonnigem Fenster, einem Vogelkäfig und einem offenen Küchenschrank. Dahinter, in einer Nische, konnte sie die Ecke eines großen Bettes sehen. Doch das Bett war leer, denn Willy und eine junge Frau mit grimmigem Blick saßen am Küchentisch »über ein Buch – schon wieder! – mit Ausgaben gebeugt«.

Beim Anblick von Colette griff die Frau nach einer Schere, die auf dem Tisch lag. Willy wischte sich den Schweiß von »seiner rosigen, grenzenlosen und mächtigen Stirn« und sagte, als sei er kaum überrascht: »Kommst du mich abholen?« Worauf Colette antwortete: »Ja sicher, stell dir vor.« Dann schob er sie hastig zur Tür hinaus.

Die Frau war Charlotte Kinceler. Willy kannte sie schon lange vor seiner Ehe. Es gibt in einem seiner Alben ein Foto der jungen Lotte mit Datum vom 29. Oktober 1888 und der Widmung: »Ich werde dich immer lieben.« Lotte, eine bekannte Figur am Montmartre, lebte unter den Künstlern und Schriftstellern von Le Chat Noir. Sie gehörte zu den »wilden Mädchen«, die in der romantischen Dichtung jener Zeit herumspuken: zäh, impulsiv, melancholisch, »gelegentlich ziemlich garstig, aber im Grunde gut« – ein »Kind aus dem Volk«, wie die Söhne besserer Leute gern sagten. Ihr Vater war Alkoholiker und ehemaliger Kommunarde. Ihre Schwester war – laut Colette, die die aus Willys Erinnerungen stammende Geschichte gern durcheinander brachte – eine Prostituierte. Eines Tages hatte Willy einen Freund, der sich gern unters gemeine Volk mischte, den Kritiker Jules Lemaître, mitgenommen, damit er die berühmte Lotte Kinceler kennen lerne. Lemaître fragte sie nach einer gemeinsamen Bekannten: »eine Blonde mit gebleichtem Haar namens Alberte [...], die, wenn ich mich nicht irre, in der Galanteriebranche beschäftigt ist.«

»Der ›Ga...‹ was? Der Galanteriebranche?« schnaubte Lotte. »Die einzige Alberte, die ich kenne, ist eine Hure.«

Diese Schlagfertigkeit brachte Lotte bescheidenen Ruhm ein. Sie inspirierte ein Stück von Brieux, *Les Hannetons*, in dem sie von Polaire gespielt wurde, jener Schauspielerin, die die Gestalt der Claudine unsterblich machen sollte. Ein Symbolist wollte Lotte sogar dem Präsidenten der Republik vorstellen. Willy spricht von ihrer »instinktiven körperlichen und moralischen Feinheit«. Colette bewunderte, wie sie sprach: wie eine Wahrsagerin; sie war stark und geschmeidig wie eine Python; und ihr bissiger Humor war der eines buckligen Kindes.

Sie wurden schließlich fast Freunde, und durch ihre Annäherung lernte Colette, wie sie sagt, viele nützliche Dinge von ihr: Täuschung, Bescheidenheit und die Kunst, sich mit einer Rivalin zu versöhnen. Von ihrer Korrespondenz ist manches erhalten. Die meisten Briefe betreffen Lottes Affäre mit einem ungenannten General, der sie aushielt und mit dem sie gerade eine Trennungsvereinbarung aushandelte. Colette tröstet Lotte über ihre »körperlichen und seelischen« Krankheiten hinweg. Sie gibt ihr Schönheitstipps: »Glyzerin macht die Hände kaputt, verwenden Sie lieber Lanolin.« Und sie schlägt als die ältere Frau des Polygamen einen Ton weiblicher Komplizenschaft an: »Spielt er den Pascha, dieser Willy in seinem jungfräulichen Morgenmantel! Ein Pascha mit neun Schwänzen? Nein, aber ›einer ist genug‹ [sagt er], vorausgesetzt, er ist gut.«

Auch einige Briefe von Willy an Lotte sind erhalten geblieben (sie hielt sich nicht an seine Verfügung, die Briefe zu verbrennen), doch sind sie nicht so unbeschwert. »Ich langweile mich zu Tode«, schreibt er ihr:

> [Es ist] eine dumpfe und hartnäckige Langeweile, die mich niederdrückt und auffrisst. Ich […] tue alles, um mich zu zerstreuen, doch ohne Erfolg. […] Ich füge hinzu, meine ehrliche Kleine (denn ich habe immer gesagt, dass deine offene kleine Seele immer die ehrlichste von allen war), ich füge hinzu, dass mich neulich meine Schwierigkeiten betrunken gemacht haben wie ein schlechter Wein; ich ringe mit mir in einem Dschungel unentrinnbarer Probleme. Deshalb bin ich bitter und traurig. […] Vernichte so bald als möglich diesen Brief, der eine Beichte ist, aber eine Beichte, auf die ich stolz bin. Wenn wir uns wieder sehen, soll nichts in unserem Verhalten zueinander darauf hindeuten, dass es etwas Vertrauliches zwischen uns gibt.

Charlotte Kinceler sparte ihr Geld und eröffnete einen Kräuterladen in der Rue Pauquet. Hier verkaufte sie Tee, Pomaden und Abtreibungsmittel. Eines Nachmittags bei peitschendem Regen ging sie in ihr Hinterzimmer, um eine Notiz zu schreiben: »Wenn es wie aus Eimern pisst wie jetzt, dann kotzt mich alles unglaublich an.« Dann wusch sie sich die Tintenflecken von den Fingern und schoss sich mit einem kleinen Revolver – in den Kopf, sagt Willy; in den Mund, sagt Colette.

6

Colette kehrte kurz nach der Entdeckung von Willys Untreue allein nach Châtillon zurück. An ihrem ersten Tag zu Hause begleitete sie ihren Bruder bei seinen Arztvisiten und am Abend, nachdem Achille und ihr Vater zu Bett gegangen waren, blieb sie noch lange mit ihrer Mutter wach und erzählte von Paris. Sido liebte Musik, und zweifellos beschrieb Colette, wie Fauré und Debussy bei den Soiréen von Madame de Saint-Marceaux ihre Duette improvisiert hatten. Sie liebte Theater, und Colette dürfte sie mit dem Premierenklatsch ergötzt und die Eleganz mancher Kurtisanen mit der Geschmacklosigkeit mancher Herzoginnen verglichen haben. Vermutlich nahm sie ihre Mutter zu einer Hausbesichtigung durch die Salons mit: Judith Gauthiers rotlackierte Mansarde mit ihren exotischen Haustieren, Dichtern und Wagnerianern; die Vornehmheit im Stil des Ancien Régime bei Madame de Polignac; der Glanz des Parvenu bei Madame Arman; die engen und verrauchten Zusammenkünfte beim Verlag Mercure de France unter dem Vorsitz von Rachilde, die so schockierend in ihrer Dichtung, so scharf in ihrer Kritik und so bürgerlich in ihrer Ehe war.

Colette war eine begnadete Imitatorin. Vielleicht ahmte sie die Romanciers mit ihren »sozialistischen Ambitionen« nach und diejenigen, die sich »auf die Ergründung der weiblichen Seelen spezialisiert haben« – Typen, die sie hämisch in den *Claudine*-Büchern verspottet. Sido wird vielleicht die Berichte über das, was sich beim Bal des Quatz'Arts der Kunststudenten abspielte, genossen haben und auch die Erzählungen über die Nachtklubs am Montmartre, über die berühmten »Invertierten«, Ortsansässige wie Fremde beiderlei Geschlechts. Ließ Colette in Paris ihren ländlichen Charme spielen, so renommierte sie auf dem Lande mit ihrer Weltläufigkeit. Und ihre Mutter neckte sie damit: »Du bist stolz wie eine Laus auf den Hinterbeinen, weil du einen Pariser geheiratet hast.«

Dieses Geschichtenerzählen hatte, wie bei Scheherazade, auch etwas vom Hinauszögern eines schrecklichen Augenblicks: des Augenblicks der Schwäche im Moment größter Intimität, als Sido aus ihrem Lehnstuhl aufstand, um Colette zuzudecken. Sie sagt, sie habe ihrer Mutter ein Lügengeschenk gemacht – der Lüge ihres Glücks –, und sie sei stolz, das getan zu haben. Doch Colette selbst räumt ein, dass Sido sich wahrscheinlich nicht täuschen ließ. Diese heroische Haltung war also, und das vielleicht in erster Linie, ein Selbstschutz. Nicht wenige Töchter von liebenden, aber bedrängenden Müttern – von Müttern, die begierig sind, sich die Freuden und Kämpfe ihrer erwachsenen Kinder zu Eigen zu machen – wappnen sich mit einem solchen Schild des Stolzes.

8. KAPITEL

I

Im selben Winter, Anfang 1894, gingen die Willys zum alljährlichen Ball der École Polytechnique, den in diesem Jahr Jean-Albert Gauthier-Villars präsidierte. Colette erinnerte sich, mit ihrem Schwiegervater getanzt und – ihrer damaligen Gesichtsfarbe entsprechend – ein blassgrünes Kleid getragen zu haben. Wenig später bekam sie hohes Fieber, Bauchschmerzen und Schwellungen und wurde ins Bett gebracht. Ihre Symptome sprachen nicht auf die Behandlung an und Dr. Jullien tadelte seine Patientin, sie helfe bei ihrer Gesundung nicht mit. »Es gibt im Leben junger Menschen immer einen Augenblick, in dem Sterben ihnen ebenso normal und verlockend vorkommt wie zu leben, und ich zögerte.«

Der Doktor schrieb an Madame Colette, die mit einer bescheidenen Garderobe an schwarzen Kleidern und baumwollenen Nachthemden nach Paris kam, im »dunklen Esszimmer« schlief, ihren Schwiegersohn kühl mit »Monsieur Willy« ansprach, Colettes Haar bürstete und sie – in den sechzig Tagen, die diese im Bett blieb – beschwor, ins Leben zurückzukehren.

Willy war nicht gerade begeistert, mit seiner Schwiegermutter zusammen zu wohnen. In einem Brief an Juliettes Mann, irgendwann gegen Ende der langen Krankheit seiner Frau, berichtet er: »Morgen werden sie sie ein wenig aufstehen lassen, die arme Kleine! Eigentlich ist sie jetzt, wo es ihr besser geht, nicht mehr zu bändigen: sie bewegt sich, sie kann es gar nicht erwarten, das kleine Biest!« Und er schließt: »Meine Schwiegermutter ist noch hier. Ich weiß nicht, wann sie nach Châtillon zurückfahren wird. Was mich davon abhält, ihre Abreise allzu brennend herbeizuwünschen, ist, dass sie meine Frau mitnehmen will.«

Colette hat angedeutet, und die meisten ihrer Biografen sind ihr darin gefolgt, dass ihre Krankheit ein Nervenzusammenbruch oder zumindest ein psychosomatischer Vorfall war, der durch die Entdeckung von Willys Untreue ausgelöst und durch die Anstrengung, diese Demütigung vor Sido geheim zu halten, verstärkt worden sei. Das bedarf einer Überprüfung. Zum einen hatte sie hohes Fieber, was ein Facharzt mit Flecktyphus in Verbindung bringen würde. Zum anderen gibt es einen unveröffentlichten Brief von Colette an Lotte Kinceler aus dem Jahr 1896, als Lotte sehr krank war. »Vor zwei Jahren«, schreibt Colette, »war mein ganzes Inneres so arg geschädigt und ich wurde so gut geheilt, dass ich Ihnen den gleichen glücklichen Ausgang für Ihre Krankheit wünsche.« Dann ist da die strenge Behandlung: sechzig Tage Bettruhe und Senfpflaster, um die Unterleibsschwellung abklingen zu lassen. Schließlich haben wir das Geheimnis, das sie ihrem dritten Ehemann Maurice Goudeket anvertrauen sollte: Willy, sagt sie da, habe sie mit einer Geschlechtskrankheit infiziert. Zieht man seine Promiskuität in Betracht, erscheint das nicht nur plausibel, sondern wahrscheinlich.

Ein Jahrhundert nach diesem Krankheitsfall, gestützt auf ein Geständnis aus zweiter Hand und auf bruchstückhafte Indizien, können wir nur spekulieren, welche Geschlechtskrankheit Colette sich zugezogen haben mag, wenn es überhaupt eine war. Francis und Gontier sind überzeugt, dass es Syphilis war, doch Colette hat in ihrem späteren Leben an keiner der bleibenden Komplikationen der Syphilis gelitten. Das hohe Fieber, ihre ungesunde Gesichtsfarbe, die Entzündungen im Unterleib und die ärztliche Verschreibung von Bettruhe und Senfpflastern sprechen für eine akute Gonorrhö, eine Krankheit, die zu dieser Zeit fast epidemisch war. In *Claudine s'en va* (*Claudine geht*) schreibt Colette Maugis, dem

Alter Ego von Willy, einen »chronischen genitalen Herpes« zu, und ihr Leben lang erwähnt sie schmerzhafte »Beckenentzündungen«, die in Stressmomenten wiederkehren. Wiederkehrende Beckenentzündungen – wie zum Beispiel Salpingitis – sind ebenfalls für Gonorrhö symptomatisch, besonders bei Frauen. Auch verursacht diese Krankheit manchmal ernste Augenschmerzen und starke Lichtempfindlichkeit. Colette bemerkt in Briefen, die sie im selben Frühjahr auf der bretonischen Insel Belle-Île-en-Mer schreibt, dass ihre Augen »noch« schwach und lichtempfindlich seien und sie – wie Willy das Ende des Jahres nennen sollte – an einem Anfall von »hysterischer Blindheit« litte. Welche Krankheit es nun auch war, sie hilft uns, Sidos stille Wut zu verstehen.

2

Als Colette krank wurde, hatte sie bereits eine Reihe wirklicher und ihr ergebener Freunde, und die drei, denen sie sich ganz besonders zu Dankbarkeit verpflichtet fühlte, waren Musterexemplare ihrer *Lehrjahre*.

Paul Masson, der unter dem Namen Lemice-Térieux (*le mystérieux*) schrieb und in Colettes Romanen als Masseau vorkommt, kam täglich in die Rue Jacob. Er arbeitete in der Bibliothèque Nationale am anderen Flussufer. Manchmal konnte es sein, dass er in ihrem Flur Marcel Schwob begegnete. »Die beiden Männer«, alle zwei gute Freunde von Willy, »gaben vor, sich zu hassen, und unterhielten sich damit, dass sie einander in höflichem Ton und mit gedämpfter Stimme beleidigten«, schrieb Colette. »Dann beruhigten sie sich wieder und plauderten lange miteinander, während mich der Esprit dieser beiden raffinierten und schwindelnden Geister erhitzte.«

Schwob war teilweise gelähmt, so dass ihm das Treppensteigen zu Colettes drittem Stock beträchtliche Schmerzen verursachte. Er saß an ihrem Bett, »verschwendete für mich großzügig seine Zeit«, und sie war zu jung, um sich, wie sie sagt, darüber zu wundern. »Ich behandelte ihn, als gehörte er mir. Mit zwanzig nimmt man unangemessen große Geschenke königlich an.«

Von seinen Vorfahren, Talmudgelehrten, hatte Schwob sein falkenartiges Profil und seine Leidenschaft für das Esoterische geerbt. Er war anglophil wie sein Freund Willy, ein Dandy wie sein Freund Oscar Wilde und ein Meister unter den Symbolisten. Seine Rede war immer brillanter als seine Prosa. Er verdiente seinen Lebensunterhalt als Literaturkritiker und Übersetzer. Neben den Werken von Twain, Dickens und Defoe, die er Colette vorlas, übersetzte er auch den *Hamlet*. Er war außerordentlich belesen und liebte den Jargon.

Schwob war fünfundzwanzig, als er Colette kennen lernte. Er und Willy kannten sich bereits über *L'Écho de Paris*. Als sich die Neuvermählten in der Rue Jacob niederließen, wohnte Schwob um die Ecke in der Rue de l'Université. Er teilte seine düstere Wohnung mit einem Eichhörnchen, einem Griffon und einem japanischen Hund. Seine Mätresse war gerade gestorben, eine Frau, die wie seine exotischen Tiere für einen Mann wie Schwob unerlässlich war: eine tuberkulöse junge Prostituierte namens Louise.

Einer der frühesten publizierten Briefe von Colette ist an Schwob gerichtet, geschrieben anlässlich eines Trauerfalls:

> Willy schilt mich und schubst mich herum und schreit; er hätte mich besser [über Louises Tod] informieren sollen. […]
> Wenn ich mit Ihnen auch nie über Ihre arme [Freundin] gesprochen habe während ihrer langen Krankheit, so habe ich doch nie vergessen, mich jedes Mal, nachdem Sie unser Haus verlassen haben, nach ihr zu erkundigen. Aber Willy wollte nicht, dass ich mit Ihnen über sie spreche, weil er meinte, ich würde Ihren Schmerz verstärken. […]

> Und jetzt sagt er mir sehr harte Dinge, die ich wirklich nicht verdient habe. Sie kennen mich gut genug, mein lieber Schwob, um zu wissen, dass ich bei Ihrer Rückkehr vom Friedhof andere Worte für Sie gefunden hätte, als über meine Bronchitis zu berichten. [...] Ich bitte Sie um Entschuldigung, dass ich eben so gemein war.

Aus einer Laune heraus und seiner Gebrechlichkeit zum Trotz beschloss Schwob eines Tages, eine Pilgerfahrt zu Stevensons Grab in Samoa zu machen. Sein chinesischer Diener, der auch als Pfleger fungierte, sollte ihn begleiten. Er fand dort nicht, was er gesucht hatte. Depressiv und dem Tod geweiht (er starb mit siebenunddreißig), wurde Schwob im Laufe seiner langen Krankheit und nach vielen Operationen morphiumsüchtig. Doch trotz seiner Dekadenz und seines Nihilismus – oder vielleicht gerade wegen diesen – war er auch ein Connaisseur der Vitalität. Die wahren Dichter waren für ihn (er dachte dabei an seinen Freund Verlaine), »weder Theoretiker, noch Grammatiker, sondern diejenigen, die sich leben hören und die singen, was sie hören«. Das erklärt, was ihn bei Colette anzog und wieso er noch vor ihrer Zeit ihr Talent erkannte.

Colettes dritter regelmäßiger Besuch war eine *Femme du monde*. Die Dame von Welt »wirkte wohltuend auf eine so junge, so wenig beschützte Kranke, die so lange an ein trauriges Lager [...] gefesselt war, in einem Zimmer, in dem nichts von Qualität, von Komfort oder von Liebe sprach«. (Selbstmitleid war, scheint es, ihr einziger Luxus.)

Madame Arman de Caillavet erklomm atemlos den dritten Stock – sie war dick – und kam mit einem Korb erlesener Früchte oder einer Schachtel Schokolade, die in einen Schal gehüllt waren. Eines Tages brachte sie Colette auch die Fahnen von Anatole Frances neuestem Roman *Le Lys rouge*. Der Meister, so sagte sie, würde die Meinung ihrer jungen Freundin schätzen, und Colette machte einige kleine Korrekturen. Das Thema war treffend: die zerstörerische Leidenschaft der Eifersucht.

Madame Arman war eines der Proustschen Modelle für Madame Verdurin. Sie war fünfzig, als Colette sie kennen lernte, eine imposante Frau mit stechenden blauen Augen und einem Doppelkinn, die ihr Haar mit Henna färbte und sich farbenfroh kleidete. Als geborene Léontine Lippmann, Tochter einer Bankiersfamilie, war sie vom Judentum konvertiert, als sie den Sohn eines Waffenhändlers heiratete, dem ein Weinberg in Bordeaux gehörte. Caillavet war eines der Familiengüter, und Monsieur Arman hatte dieses Partikel seinem Namen angehängt, zusammen mit einer gewissen Portion Spott. Er war ein jovialer Mensch, ein Gascogner, etwas clownesk, ein Bonvivant und Segler, der gegenüber seiner Frau Edith die recht undankbare Rolle eines französischen Teddy Wharton spielte.

Madame Armand, von Colette als »Eule der Minerva« bezeichnet (eine Anspielung auf ihre Klugheit und auf ihre Nase), war berühmt für ihre Briefe und für ihre nicht honorierten Beiträge zum Werk ihres Liebhabers. Sie hatte das – von France unterzeichnete – Vorwort zu Prousts erstem Roman, *Les Plaisirs et les jours*, geschrieben. Ihr Sohn Gaston sollte einer der erfolgreichsten Komödienschreiber der Epoche werden.

Obwohl ihre Freundschaft später bitter endete, war Léontine Arman de Caillavet Colettes erste Lehrmeisterin in Paris. Sie hatte von der Herablassung der Gesellschaft seinerzeit ihren Teil zu spüren bekommen, hatte Colettes mangelnde Eleganz und ihren Kummer bemerkt, hinter ihrer Zurückhaltung den Trotz und die unterdrückte Wut wahrgenommen und Mitleid mit ihr bekommen. Sie scheint Colette jene mütterliche Besorgtheit und Anerkennung entgegengebracht zu haben, nach denen sie hungerte, und das mit einer Klugheit, die Sido dankbar gutgeheißen hätte. Wenige Jahre später riet Madame Arman ihrer Schwiegertochter

Jeanne Pouquet: »Du musst die Welt nehmen, wie sie ist; verachte sie und beute sie aus.« Wahrscheinlich gab sie Colette den gleichen Rat.

3

Am 25. Juni 1894 wurde der französische Präsident Sadi Carnot in Lyon von einem Anarchisten ermordet. In einem ihrer seltenen Kommentare zum Weltgeschehen erwähnt Colette die Nachricht gegenüber Marcel Schwob und bedauert den Karikaturisten Caran d'Ache, der »nun einen neuen Präsidententyp ausarbeiten muss«. Dann geht sie zu einem erfreulicheren Thema über, dem kleinen Schmuckstück, das Madame Arman ihr geschickt hat, eine Fliege mit Rubinaugen.

Colette war von ihrer Krankheit genesen oder »nahezu« genesen und der Arzt empfahl ihr eine Luftveränderung. Willy, der sich zweifellos schuldig fühlte, fand, sie könnten es sich leisten, zwei Monate an der See zu verbringen. Sie reisten Anfang des Monats, begleitet von Paul Masson, auf die Belle-Île-en Mer, eine Insel vor der Küste der Bretagne. Sie fanden Unterkunft in Strandnähe, in einem »großen Holzhaus, das nach Schiff roch«. Es hatte einen Balkon aus rosa Backsteinen, von dem aus man abends beim Schein des Leuchtturms und des Mondes die Sardinenfrauen am Strand tanzen sehen konnte. Eine von ihnen erspähte den düsteren Masson ohne Begleitung und rief ihm zu: »Brauchen Sie niemanden?« – »Wozu?« – »Um mit Ihnen zu schlafen.«

Masson, »Lemice-Térieux«, scheint zunächst für einen solchen Genesungsurlaub eine sonderbare Begleitung zu sein. Er war ein zarter Mensch, »vorzeitig gealtert«, gebildet, verdorrt, mit perfekten Manieren und der Angewohnheit, Opium zu rauchen. Letztere habe er, meinte Colette, von seiner kurzen Laufbahn als Richter in Indien nach Frankreich mitgebracht. In *Le Képi* schildert sie den Charakter seiner Freundschaft zu Willy. Beide waren auf Wortspiele versessen und liebten es, mit ihrem geringschätzigen Reden über Liebe und Frauen Colettes Unschuld zu reizen. »Ich hatte mich noch nicht an diese Mischung aus gekünsteltem Zynismus und literarischer Paradoxie gewöhnt«, schreibt sie, »mit der um die Jahrhundertwende verbitterte, am Leben gescheiterte Intellektuelle ihre Selbstachtung zu wahren suchten.« Doch genoss sie Massons »spöttischen Humor« und seine Bosheit: »seine Fähigkeit, zu jeder Zeit ohne eine Spur von Erregung in gemäßigten Worten aggressiv zu sein.«

Masson war während Colettes Krankheit ein fleißiger Besucher der Rue Jacob gewesen, und wenn Willy am Abend ausging, speiste Colette mit ihm tête-à-tête. Für ihn trug sie ihren Lieblingsmorgenrock aus Samt, der »ungefähr« wie ein Bild von Botticelli aussehen sollte, und ließ ihr Haar offen. Er versorgte sie mit dem neuesten Klatsch, und zusammen entwickelten sie Fantasien über eine Mätresse, die er »Gott sei Dank« nicht hatte. Diese Spiele passten zu Massons schriftstellerischer Spezialität, dem ausgeklügelten literarischen Schwindel. Er hatte »Bismarcks« Jugendtagebücher veröffentlicht, mit denen er mal eben eine diplomatische Krise zwischen Frankreich und Deutschland verursachen wollte, und »General Boulangers« *Gedanken und Reflexionen*. Als Colette ihn kennen lernte, war er Mitarbeiter am Katalog der Nationalbibliothek und dort für die Titelaufnahme früher Bücher zuständig, und da er fand, dass die Nationalbibliothek Lücken aufwies – etwa bei den deutschen Manuskripten und persönlichen handschriftlichen Briefen von Herrschern –, hatte er beschlossen, diese Titel einzufügen. »›Aber‹, fragte ich naiv, ›wenn die Bücher doch gar nicht existieren?‹ – ›Ah!‹ sagte er mit frivoler Geste. ›Ich kann schließlich nicht alles machen.‹«

Die »erdverbundene« Colette sah nun zum ersten Mal den Ozean. »Ich schwimme in Wogen der Freude«, schrieb sie an Schwob. Auf der Westseite der Insel schlug der donnernde Atlantik gegen die Felsküste; die Luft war dicht von Nebel und der Regen so hart wie Hagelkörner. Diese romantische Szenerie sollte Marcel Proust betören, der dort im folgenden Jahr kurze Sommerferien verbrachte, ebenso Sarah Bernhardt, die die alte Festung am Pointe de Poulain renovierte.

Auf der Ostseite, wo die Willys mit Masson wohnten, waren das Klima und die See praktisch mediterran. Dort gab es einen Segelhafen, an den terrassierten Hügeln wuchsen Reben und Feigenbäume, und das Wasser, in Ufernähe durchsichtig grün, war am Horizont »samtblau«. Bei ihren Spaziergängen am Strand entdeckte Colette Lebewesen, die sie noch nie gesehen hatte: weiße Sandkrebse, exotische Schalentiere und kleine Monster »mit Blättern obenauf und nackten, leuchtenden Beinen unten; es kribbelt mich, wenn ich daran denke«.

Die Idylle von Belle-Île hinterließ bei Colette einen so tiefen Eindruck, dass sie die Erinnerungen daran mehrmals umschrieb, besonders im letzten Claudine-Buch, *Claudine findet zu sich selbst*, und viel später in *Meine Lehrjahre*. Aus beiden Fassungen spricht das Glück einer jungen Frau, die wieder in ihrem Element, der Natur, ist und die ihre Körpersprache wiederfindet, die in den Pariser Salons erstickt war. In ihren Erinnerungen ist Willy nur eine Randfigur, vollkommen von seiner geheimnisvollen Korrespondenz eingenommen, mit der er den Frauen und dem Geld nachjagte, während sie ihre Zeit mit Masson verbrachte. Im Roman gibt es keine dritte Person. Dort genießen Claudine und Renaud »herrliche, hemmungslose« Flitterwochen. Er durchkämmt mit ihr den Strand, springt durch die Wellen, spielt mit den Sandkrebsen. Sie gehen segeln, er lehrt sie die Taue und den vorderen Ausleger zu bedienen. Sie trägt den Matrosenanzug aus Colettes eigenen Kinderträumen und Renaud liebt seinen Schiffsjungen stürmisch am Strand und schockiert damit zwei Badende, die die beiden für ein homosexuelles Paar halten.

Colettes Briefe an Schwob von der Belle-Île enthalten das Rohmaterial für beide Versionen, doch ohne die bewusste Wehmut und die explizite Erotik. Willy und Masson spielen Jules und Jim – auf väterliche Art. Colette ist ihr abgöttisch geliebtes, aufsässiges einziges Kind. Mit der Natur als ihrer Verbündeten und Rückenstärkung kommt sie wieder zu Kräften. Ihre Naivität macht Massons Zynismus zunichte und ihre Brutalität sein Raffinement. Sie schleppt ihn auf seinen »schwachen Beinen« zu den Klippen hinaus und in seinem schwarzen Anzug hinunter an den Strand. Wenn er eine Zeitschrift, die eine Geschichte von Marcel Schwob enthält, verliert, dann kratzt sie ihn mit den Fingernägeln, bis seine Handgelenke bluten, und droht ihn zu ertränken. »Ich habe ihn so übel zugerichtet, dass wir uns wirklich böse waren.«

Willy ist beschäftigt, aber nicht unsichtbar oder distanziert. Er ist es, der mit Colette Segeln geht und sie lehrt, mit den Tauen umzugehen. Sie klettern auf die Felsen und finden einen Strand mit weichem, warmem Sand zwischen den Klippen. Colette trägt ein Barett und eine Pumphose *à la Claudine*. Sie zieht ihre Schuhe aus und dann ihre Strumpfhalter und Strümpfe und läuft in die Brandung. Eine große Welle schlägt über ihr zusammen und auch Willy stürzt. »Ich legte mich in den weichen Sand, um zu trocknen, und dann begann ich von neuem meinen Kampf mit dem heimtückischen Element, das mich, ich sage Ihnen, wie eine Zigarette einfach rollte. [...] Und dann, wissen Sie, zog Willy sich aus und nahm auch ein Bad, zur Entrüstung der Möwen. Wir wurden auch vom Meer erfasst, und wenn Sie mich die Klippen hinaufsteigen gesehen hätten, mein Schwob, das war eine Sache! Mein Knie ist zerkratzt und eine Hand aufgerissen. Ich bin ganz stolz ...«

Der Willy von Belle-Île behandelt seine Frau wie ein wildes, aber bewundernswertes Kind, und sie hat ihn endlich einmal (weitgehend) für sich allein. Für die Colette von Belle-Île erfüllen sich zwei ihrer tiefsten Sehnsüchte: frei zu sein wie ein Wildfang und liebevoll umsorgt wie Papas Liebling.

4

Bevor Willy und Colette gegen Ende September nach Paris zurückkehrten, besuchten sie ihre Familie in Châtillon. In ihren Briefen an Schwob zählt Colette ihre Taten auf: Sie tötete eine Schlange, sie fing Frösche und Salamander am Fluss, sie erntete Zwetschgen und kochte Marmelade (»besser gesagt, ich sah zu, wie sie gekocht wurde«), sie kutschierte den Wagen ihres Bruders und erschlug die Pferdebremsen; sie las Schwobs Übersetzung von *Moll Flanders*, bewunderte die Szene, in der Moll »züchtig mit diesem Herrn ins Bett geht und zufrieden, aber enttäuscht ist, und sagt: ›Ich kann nicht behaupten, dass ich auch so entzückt war, wie er glaubte, dass ich sei, denn ich war noch etwas lasterhafter als er.‹« Sido, so erzählt sie ihm, »wirbelt umher, setzt ihr Lorgnon auf, verschüttet Wasser und disputiert den ganzen Tag mit Willy. Das bringt mich zum Lachen.«

Auf ein zu dieser Zeit in Châtillon aufgenommenes Foto von seiner Frau mit Zöpfen schreibt Willy: »Noch hat sie ihre Ohren und Gefühle nicht versteckt.« Er irrte sich oder war vielleicht irregeführt, denn ihr glücklicher Mangel an Selbstwahrnehmung und ihre fast demonstrativ und unentwegt zur Schau gestellte gute Laune verdecken die düsteren Stimmungen und den Groll, den sie für *Meine Lehrjahre* aufspart. Vorläufig lässt Colette jede Gelegenheit verstreichen – und diese Gelegenheiten sind zahlreich –, an der Bedrücktheit ihres Freundes Anteil zu nehmen. »Was Ihre dummen Geschichten vom Abgrund und der offenkundigen Nutzlosigkeit zu leben angeht, will ich darauf nicht einmal antworten, so dumm sind sie. Ah! Monsieur Schwob hat eine Heidenangst? Das ist eine missliche und tadelnswerte Angewohnheit, Monsieur Schwob. Ich habe einen Zugführer gekannt, der daran gestorben ist.«

9. KAPITEL

Dieser Premierensaal war eine große Infamie mit all den an den Brüstungen der Logen zur Schau gestellten Diamanten, reiche Beute der Prostitution und eines sündhaft erlangten Glücks. All die Lasterhaften waren da, in ihren Paraderoben entkleidet und unter ihrer geschickten Schminke starr vor Hochmut. Mit ihrem Lächeln auf den Lippen ähneln sie triumphalen Idolen, die unter der Flamme ihrer Colliers und dem falschen Gold ihrer gefärbten Haare von einer Persönlichkeit aus Literatur oder Politik, von angehenden Ministern oder den Akademiemitgliedern von morgen flankiert sind. [...] In den Logen im Parterre und in den Orchestersesseln saßen, mit leichten Stoffen behängt, in ihrer gequälten, zerbrechlichen Grazie, die Schauspielerinnen der kleinen Theater und die Belles du jour, kleine Frauen mit fiebrigen kleinen Köpfen, unter der Last ihrer üppigen Haare. Die meisten sehen aus wie unverschämte, affektierte Pagen [...], penetrant und pervers in ihrem Charme. [...] Und der Gipfel ist die Weichlichkeit der Männer mit ihrem Teint im Farbton von gekochtem Fisch, der durch das Porzellanweiß ihrer Hemdbrust noch verschärft wird, dem krampfhaften Lachen ihrer schlaffen Münder, der lendenlahmen Mattigkeit ihres Gangs, der Hässlichkeit ihrer versoffenen Augen.
Philippe Jullian, JEAN LORRAIN, »Le Tout-Paris«

I

In diesem Oktober wurde Hauptmann Alfred Dreyfus, Willys früherer Militärkamerad beim Grundwehrdienst und einziger jüdischer Offizier beim Generalstab, angeklagt, den Deutschen französische Militärgeheimnisse zum Verkauf angeboten zu haben.

Er wurde hinter verschlossenen Türen vor ein Kriegsgericht gestellt, durch ein einstimmiges Urteil für schuldig erklärt und zu lebenslänglicher Haft und Verbannung auf die Teufelsinsel verurteilt.

Zwei Jahre lang wurde der Fall Dreyfus nicht wieder aufgenommen und in dieser Zeit war es still um ihn geworden. Antisemitismus, schreibt Eugen Weber, war so französisch wie das Croissant, und selbst prominente Juden mussten immer mit ihm rechnen, ob sie nun ihren Glauben abgelegt hatten wie Schwob, konvertiert waren wie Madame Arman oder Sarah Bernhardt, konvertiert und selbst Antisemiten geworden waren wie Catulle Mendès und Harry Bernstein, oder sich wie Proust halb katholisch fühlten.

Hannah Arendts Beschreibung der Assimilation der Juden zeigt, wie eigentlich alle Außenseiter – Homosexuelle, Menschen aus der Provinz, Fremde und ehrgeizige Frauen – sich in den Salons ihre Nischen schufen. Die während des Zweiten Kaiserreiches entstehenden Salons entsprachen dem »Goetheschen Bildungsbegriff, wie er uns vor allem im *Wilhelm Meister* vorliegt (der ja bekanntlich auch seine Bildung den Schauspielern und Adligen verdankt)«. »Von ihnen lernt er, zu einer ›Persönlichkeit‹ zu werden, was ihm den sozialen Aufstieg ›vom Bürgersmann zum Edelmann‹ sichert. Für diejenigen, die nicht der Hocharistokratie angehörten, hing tatsächlich alles von ihrer ›Persönlichkeit‹ ab sowie von ihrer Fähigkeit, diese zum Ausdruck zu bringen. Am wichtigsten schien zu sein, dass man wusste, wie man seine tatsächliche Rolle angemessen zu spielen hatte.«

Um die Jahrhundertwende erhöhte sich der Einsatz; nun genügte der bloße Besitz einer »interessanten« Persönlichkeit nicht mehr als Eintrittskarte in eine gänzlich saturierte und überdrüssige Gesellschaft, die, wie Arendt das ausdrückte, »nichts so sehr [liebte] wie das Exotische, das Anormale, das schlechthin andere«. Es ist die Zeit der Exzentriker und der spiritistischen Sitzungen.

Alchemisten haben eine große Anhängerschaft. So auch Krafft-Ebing und Sacher-Masoch. Es ist schick, eines gewaltsamen oder perversen Todes zu sterben. Kaiser Nero und der achtzehnjährige Barbarenkönig Amalrik sind die neuen Vorbilder für die jungen Homosexuellen. Rebellen aus der höheren Gesellschaft wie Colettes spätere Liebhaberin Missy geben sich ihren Morphiumschuss (bevorzugte Stelle am Oberschenkel, gleich oberhalb des Strumpfbandes) zwischen den einzelnen Gängen des Diners. Jean Lorrain benutzt Kajal und reicht Äther zu seinem Teekuchen. Huysmans beschreibt in *Tief unten* eine schwarze Messe in der Vorstadt, mit »alten geschminkten Tunten als Chorknaben und Nymphomanen als fromme Gemeinde«.

Die Reihen von Gomorrah füllen sich mit Frauen von Bankiers und Politikern, mit Kabarettsängern und Wäscherinnen vom Montmartre. Wie alle anderen besorgt auch Schwob sich eine exotische Dienerin und eine Opiumpfeife. Wie alle anderen schwärmt auch Judith Gauthier für den Orient und nimmt sich eine weibliche Geliebte. Raubtiere, vor allem Raubkatzen, werden zu beliebten Haustieren. Rachilde zieht zwei Kloakenratten vor, die sie Kyrie und Eleison nennt. Auf ihrer Schulter sitzend helfen sie ihr, den Vorsitz bei ihren »Dienstagen« im Mercure de France zu führen. Als sie für *Monsieur Vénus* zu zwei Jahren Gefängnis verurteilt wird, tröstet Verlaine sie mit der Bemerkung: Ach, mein liebes Kind, wenn Sie ein neues Laster erfunden haben, sind Sie doch eine Wohltäterin der Menschheit!«

Auf jedem vom Sturm hin und her geworfenen Boot voll würgender Leiber gibt es gewöhnlich einen Passagier, der, merkwürdig gesund, festen Schrittes über das stampfende Deck spaziert und dabei frech ein Schinkenbrötchen isst. Colette war Ende des Jahrhunderts ein solcher Passagier. Sie trank aus Lust, nicht um sich zu betrinken. Sie rauchte gelegentlich eine Zigarette, wurde aber nie abhängig, und bedauerte Menschen, die das waren. Sie sagte von sich, sie sei »unfähig«, Drogen zu genießen. Gegen Ende ihres Lebens erzählte sie einem Freund, sie habe neben ihren drei Ehemännern nur drei Liebhaber gehabt. Sie hatte ihre eigenen Maßstäbe in dem, was sie für sexuell korrekt hielt, und als Willy, der eine Schwäche für Dreiergruppen hatte, ein »berüchtigtes Modell« mit nach Hause brachte, das sich in Colettes Schlafzimmer häuslich niederließ, und dann »Monsieur Willy, mir, den Vögeln vor dem offenen Fenster erklärte, was ihr die größte Wollust bereitete, da empörte sich das Blut ›der Tochter von Madame Colette‹ in mir«. Es empörte sich sicherlich nicht immer, aber selbst als sie ihren Lebensunterhalt damit verdiente, dass sie halb nackt auf Varietébühnen tanzte, und aus ihrer Liaison mit der verrufenen Missy kein Hehl machte, verhielt Colette sich, als sei ihre Art zu leben die natürlichste in der Welt.

Natürlich zu sein hieß jedoch nicht, normal zu sein, im Gegenteil. Mit ihrem Stil rebellierte Colette ebenso gegen die Konventionen und bemühte sich ebenso wie ihre extravagantesten Zeitgenossen, »nicht langweilig« zu sein. Statt die Erde abzuschütteln, die an ihren provinziellen Wurzeln klebte, begann sie diese Wurzeln zu kultivieren. Sie hatte nicht umsonst ein Jahr in den Salons zugebracht, überdies war sie durch ihre Krankheit in den Genuss gekommen, von zwei Meistern Privatunterricht (in Selbstdarstellung) zu erhalten. Beide, Masson und Schwob, lobten sie gerade wegen ihrer trotzigen, poetischen und animalischen Vitalität.

In diesem Winter erzählte Colette der Schwiegertochter von Madame Arman von ihren Fähigkeiten als »Schiffsjunge« (und wahrscheinlich als Schlangentöter und Froschfänger), und eines Abends hatte sie bei Madame Armans Mittwochsdiner einen großen Auftritt: Sie erschien, ihr Haar unter eine Pomponmütze gesteckt und ihren geschmeidigen, immer noch jugendlichen Körper im Matrosenanzug – dem Aufzug aus ihrer Schulmädchenanekdote. Diese Aufmachung brachte nicht nur aufreizend ein Paar muskulöser Beine zum Vorschein. Sie präsentierte eine unverschämte kleine Androgyne, jenen marmornen Kupidofiguren ähnlich, die in Madame Armans Speisesaal ebenfalls ihre Nische gefunden hatten.

Die Männer in Abendanzug und die Frauen mit bloßen Schultern hielten inne, die Gabeln in der Luft, sie kicherten und applaudierten bei ihrem Erscheinen. Sie wussten sehr wohl, dass es, außer auf der Bühne, für Frauen gesetzlich verboten war, sich öffentlich in Männerkleidung zu zeigen. Das Gesetz ließ wenige Ausnahmen zu: Eine Frau, die aus beruflichen Gründen Hosen tragen wollte oder musste, konnte beim Polizeipräfekten eine spezielle Erlaubnis beantragen. Zu denen, die das taten, gehörten Sarah Bernhardt, die Archäologin Madame Dieulafoy und Rachilde.

Rachildes Experimente mit dem Transvestismus im Leben wie in ihren Werken waren bereits legendär. Ihr Vater, Oberst Éyméry, hatte sie fünfzehnjährig an einen seiner Offizierskollegen verheiraten wollen. Als sie das ablehnte, schickte man sie in ein Kloster und stellte sie vor die Wahl: Ehe oder Schleier. Sie weigerte sich weiter und wurde nach Hause gebracht, wo sie sich auf dem Familiengut in einen See stürzte. Ihr Vater fischte sie heraus, und sie lebte noch ein paar Jahre unter seinem Dach. In dieser Zeit schrieb sie heimlich Beiträge für eine Lokalzeitung, die sie mit einem Männernamen unterzeichnete. Der Oberst, der nicht wusste, wer sie geschrieben hatte, las sie mit großem Vergnügen bei Tisch laut vor.

Doch sobald Rachilde volljährig war, floh sie nach Paris, was für sie das Gleiche war wie für andere, zur See zu gehen. Sie landete dort Anfang der 1880er Jahre in der Absicht, als Journalistin Karriere zu machen. Ihrem Biografen zufolge trug sie Männerkleider, »um der Aufmerksamkeit [der Männer] zu entgehen, um ihre Reportagen leichter durchführen zu können und […] um weniger Geld für damals sehr teure Toiletten auszugeben«. Rachilde war auch eine der ersten Frauen, die sich einen Bubikopf schneiden ließ und ihr Haar an einen berühmten Fetischisten verkaufte, der es in einer gemeißelten Urne aufbewahrte. Sie widmete sich mit großem Geschick dem Schießen, Reiten und Fechten und trieb ihre Travestie »so weit, dass sie auf ihre Visitenkarten drucken ließ: Rachilde, Homme de lettres«.

An den Vorkehrungen, die man traf, um ein solches Verhalten (und die Frustrationen, von denen es herrührte) zu unterdrücken, lässt sich ermessen, wie viel Angst es in einer Zeit weckte, in der die Debatte über die Frauenrechte auf der Tagesordnung stand. Jede neue Verbesserung für den Status der Frau – das Recht auf Bildung, auf einen Beruf, auf Scheidung, auf ein eigenes Bankkonto, auf Sorgerecht für die minderjährigen Kinder – wurde von den französischen Männern als ein weiterer Schlag unter die Gürtellinie erlebt. Sie mussten, schreibt Edward Berenson, »ihre kollektive Männlichkeit wiederherstellen und meinten, das zu erreichen, wenn sie sich dem Ansturm weiblicher Emanzipation entgegenstemmten. Wenn nur die französische Frau wieder zu einer wirklichen Frau würde [...] unterwürfig, gehorsam, emotional, und nicht mehr sexuell oder anderweitig bedrohlich, [dann] würden die französischen Männer notwendig ihre Männlichkeit wiedererlangen, die, wie man glaubte, für die napoleonische Ära charakteristisch war.«

Colettes männliche Zeitgenossen – nicht zuletzt auch Freud – konnten unmöglich begreifen, dass sich eine junge Frau nach einer Freiheit sehnte, die von ein Paar Hosen, einem Matrosenanzug oder einem Kurzhaarschnitt symbolisiert wurde, ohne sich deshalb danach zu sehnen, ein Mann zu sein. Die Frauen selbst, Colette eingeschlossen, verwirrten und irritierten solche Sehnsüchte, und das bildete zum Teil den Subtext zu den *Claudine*-Büchern. Colettes frühes Werk ist tatsächlich eine faszinierende und eigentümliche Form des Transvestismus: Colette ist eine Frau, die als Mann (Willy) schreibt. Dieser Autor stellt sich als ein burschikoses Mädchen (Claudine) dar, das einen »verweiblichten« Mann (den alternden Renaud) heiratet. Dieser wiederum treibt sie in die Arme einer weiblichen Geliebten (Rézi), ein Verhältnis, in dem sie die männliche Rolle übernimmt.

2

Für sich eine glänzende Persönlichkeit aufzubauen, befriedigt, macht aber auch traurig, denn es ist ein leerer Triumph des falschen Selbst auf Kosten des wahren. Das war nach Arendt das fatale Geschäft, auf das sich die Juden, die Homosexuellen und Emporkömmlinge einließen, die ihre Ungewöhnlichkeit zur Unterhaltung einer Gesellschaft aufbauschten, die sich Exhibitionisten gern ansah, auch wenn sie sie verachtete. »So begann jenes komplizierte Spiel des Zeigens und Versteckens, des halb Sich-zu-erkennen-Gebens, der Demut, die aus der Furcht entsprang, wieder verjagt zu werden, und der Arroganz, die aus der Überraschung geboren war, überhaupt zugelassen worden zu sein.«

Aus solchen Bedingungen erwuchs auch Colettes undefinierbares Verhalten und ihr Versteckspiel, das sie mit ihren Lesern spielt. Ihre frühesten Erfahrungen mit Salons bestätigten ihre Isolation und die Notwendigkeit, Theater zu spielen, sich zu exponieren und zugleich zu verbergen. Das stellte sie für immer auf die Seite derer, die jenseits des Rampenlichts arbeiten und von den Zuschauern im Saal dreifach getrennt sind: durch einen Bruch in Schicht, Vertrauen und Erfahrung.

In einem solchen Dilemma sucht man nach einem Verbündeten oder Seelenverwandten in Gestalt eines Schauspielerkollegen, nach jemandem, der imstande ist, die eigene Darbietung zu durchschauen, ihre Bravour zu bewundern und sie nur teilweise zu glauben. Anfang 1885 fand Colette so jemanden: Catulle machte sie mit seiner Geliebten Marguerite Moreno bekannt.

Moreno, halb Argentinierin und halb Französin, war zwei Jahre älter als Colette und ein aufgehender Stern in der Comédie Française. Sie war eine dunkle, gertenschlanke junge Frau mit den Gesichtszügen einer Madonna von Clouet, und als Colette sie kennen lernte, hatte sie einen kleinen Sohn, blond und hell wie sein Vater, der bald an Meningitis sterben sollte – eine Gefahr, vor der Sido immer panische Angst gehabt hatte. »Alles an ihr«, schrieb Colette, ihr Humor, ihre Blässe, ihre wunderbar angenehme Stimme, »demütigte und entzückte die entwurzelte Provinzlerin, die ich noch war«.

Moreno vergaß jenes Mittagessen in Mendès' lichtdurchfluteter Wohnung. »Marcel Schwob machte uns bekannt«, erinnerte sie sich. Schwob, ihr späterer Ehemann, hatte sie in die Rue Jacob mitgenommen, wo sie Colette mit einem Buch in der Hand auf ihrem Divan zusammengerollt vorfanden: »Du wandtest mir dein Gesicht zu, das von all dem, was du dem Leben hast rauben können, nur schöner geworden ist. Das Leben hat dir in jenen Tagen so viel vorenthalten! [...] Drei Sätze und ich war deine Freundin.«

Moreno wurde etwas, das in Colettes Leben sehr selten, wenn nicht gar einzigartig war: eine Ebenbürtige. Die Korrespondenz zwischen ihnen zeichnet sich durch eine Offenheit aus wie kein anderer Briefwechsel Colettes. An andere wandte sie sich als Mutter, als Tochter, als Kollegin, aber nicht als Vertraute. Ihre familiäre Art zu sprechen und ihre unpariserische körperliche Erscheinung verführten flüchtige Bekannte häufig zu der Annahme, sie stünden mit Colette auf vertraulichem Fuß, während sie ganz im Gegenteil eine äußerst zurückhaltende Frau war, die allmählich entdeckte, dass sie die Welt mit Erfolg zum Narren halten konnte. »Leute, die mich nur drei Mal gesehen haben, täuschen sich«, lässt sie Claudine sagen:

> Wenn sie mich sehen, mit Windstoßfrisur, bodenlangem Rock, soliden Schuhen und offenem Blick, dann denken sie: ›Das wäre die gute kleine Frau, die ich bräuchte! Sie ist

frisch und lebhaft, und es wäre so einfach, mit ihr zu leben! …‹ Versuchen Sie's doch! Wenn ich ein Mann wäre und mich bis zum Grunde kennte, ich würde mich kaum lieben: ungesellig, besessen, hingerissen oder entrüstet auf den ersten Blick, mit einem Spürsinn, der sich für unfehlbar hält und keine Zugeständnisse macht, falsche Zigeunerin, im Grund sehr bürgerlich, eifersüchtig, aufrichtig aus Eitelkeit und verlogen aus Scham … Das sag ich heute – dann wieder, schon morgen, finde ich, dass ich bezaubernd bin …

In einer Zeit, in der bei jeder Abendeinladung zehn Schriftsteller am Tisch saßen und jeder nachher nach Hause eilte, um das geschickte oder unerhörte Benehmen der Miteingeladenen einem Zeitschriftenartikel anzuvertrauen, waren alle bis zu einem gewissen Grad Schauspieler, die, um die Nachwelt bemüht, sich eine Gestalt zurecht schusterten, die der Erwähnung wert war. Colettes fiktionale Version ihrer Begegnung mit dem jungen Proust im Salon von Madame Arman gibt uns eine Andeutung, wie sie begann, für die Öffentlichkeit eine überzogene Bühnenfassung von sich selbst zu entwerfen:

Eines Mittwochs bei dieser Mutter Barman verfolgte mich höflich ein junger, hübscher Literat. (Er hatte schöne Augen, dieser Kleine, wiewohl sie leicht entzündet schienen; na wennschon …) Er verglich mich – immer meine kurzen Haare! – mit Myrtokleia, einem jungen Hermes, einem Amor von Proud'hon; er durchstöberte um meinetwillen sein Gedächtnis sowie sämtliche unbekannten Museen, nannte so viele Meisterwerke, die Hermaphroditen darstellen, dass ich an Luce und Marcel denken musste und beinahe die Lust an einem göttlichen Bohnengulasch verloren hätte, der Spezialität des Hauses […]

> Mein kleiner Schmeichler, von seinen eigenen Beschwörungen berauscht, wich nicht von meiner Seite. Ich schmiegte mich in einen Fauteuil Louis XV. und lauschte seinem literarischen Vortrag, ohne zuzuhören ... Er betrachtete mich aus schmelzenden, langbewimperten Augen und murmelte nur für uns beide:
> »Ah! Sie träumen wie der junge Narziss – Bitternis und Lust erfüllen auch Ihre Seele ...«
> »Sie irren sich, mein Herr«, unterbrach ich ihn mit fester Stimme. »Nichts anderes erfüllt meine Seele als weiße Bohnen und Selchspeck.«

»Wenn wir Prousts Urteil glauben dürfen«, schreibt Arendt, dann »brachten die Pervertierten noch einmal den ersterbenden Glanz der Leidenschaft [...] in die notorische Langeweile dieser Gesellschaft« der Jahrhundertwende. So war die Begegnung, die Colette derart frivol beschreibt, bezeichnender, als sie wusste. Der »junge, hübsche Literat«, der noch nicht »Proust« war, hatte das wahre Gesicht von Colette erkannt und auch die unzüchtigen, wahren Gefühle der jungen Außenseiterin, die noch nicht »Colette« war, und er begriff den Narzissmus, der ihr durch ihre Hochstapelei aufgezwungen wurde.

Proust besuchte den Salon von Madame Arman teils, weil er in ihren Sohn Gaston verliebt war, teils wegen Gastons Frau Jeanne – beide gehörten zu seinen zahlreichen Modellen für Saint Loup und Gilberte. Colette hatte ihrerseits begonnen, mit den jungen Caillavets freundlichen Umgang zu pflegen. Er war als Dramatiker noch in den Anfängen, ein hübscher dunkler Typ und »nicht besonders heiter. Er lachte vor allem mit den Augen.« Seine Frau, die in seinen Salonkomödien mitspielte, war eine theaterbesessene Schönheit, ebenso alt wie Colette; Willy gab ihr den Spitznamen »die Kohlrose«. Die beiden hatten eine einjährige Tochter, Simone. Colette sagte zu Jeanne, wäre sie sicher, solch eine kleine Schönheit zu bekommen, würde sie nicht zögern, »Willy zu bitten, ihr ein Kind zu machen«.

Nach Jeannes Enkelin und Biografin, Michelle Maurois, waren die beiden Paare in diesem und im nächsten Winter häufig zusammen. Colette nannte Jeanne immer »die strahlende Jeanne« oder »die wunderbare Jeanne«, und der Ton ihres Geplänkels »beweist eine fröhliche Intimität; man machte Scherze«. Er beweist eine Attraktion, Intimität ist etwas anderes. Die Willys applaudierten Gastons Stücken; die beiden Ehemänner flirteten mit den Ehefrauen des jeweils anderen, die Frauen flirteten miteinander – oder zumindest tat Colette das. Sie unterschrieb ihre Briefe an Jeanne »mit einer liebevollen Umarmung«. Als die Caillavets in jenem September mit einem anderen Paar für eine Woche nach London fuhren, neckte Colette sie: »Nächtliche Londoner Randalierer, werdet ihr von diesem kleinen Ausflug als Doppelpaar eine zweite Tochter mitbringen? Es ist sehr schlecht, ich kenne das, wenn man zwei junge Paare ist und sich wechselseitig erregt.«

In dieser Äußerung über die Komplizenschaft mit den Caillavets und über deren Freunde liegt ein gut Teil schmerzlicher Schärfe, denn trotz ihrer Jugend war Colette nicht Teil eines jungen Paares, und das Gefühl, das sich hier in ihr regte, war Neid. Nicht so sehr Neid auf ein Baby oder eine konventionelle Ehe als vielmehr auf ein gesundes erotisches Leben mit einem Ehemann, dessen Appetit nicht erst mit allerlei scharfem Gewürz angeregt werden musste. Sie beneidete Jeanne, wie sie die kleinen Nutten im Café d'Harcourt um ihre »virilen« Liebhaber aus der Boheme mit den langen Haaren beneidete. Es war dieselbe Entbehrung, die sie ein paar Jahre später eines Nachts empfinden sollte, als Polaire die Willys in ihre Wohnung rief, damit sie einen Streit zwischen ihr und Pierre Louÿs schlichten sollten. Er hatte sie geschlagen; sie war hysterisch und entrüstet. Doch der Streit endete vor ihren Augen damit, dass das Biest sein williges Opfer in seine Arme nahm und es ins zerwühlte Bett zurücktrug. Colette blieb, wie sie sagt, mit dem quälenden Bild eines ihr »unbekannten Schauspiels« zurück: »der Liebe in ihrer Jugendlichkeit und ihrer Brutalität, einem gekränkten Liebhaber, seinem nackten Oberkörper, der weichen femininen Haut, unter der seine Bilderbuchmuskeln spielten, den Mulden und Schwellungen seines gleichmütigen und stolzen Körpers, der selbstsicheren Art, mit der er Polaires hingestreckten Körper übergangen und dann aufgehoben hatte.«

Nach der Kinceler-Affäre könnte Colette wie so viele andere betrogene Ehefrauen jener Zeit beschlossen haben, Willy das in gleicher Münze zurückzuzahlen und einen seiner Protegés zum Liebhaber zu nehmen. Sie leugnet das, obwohl sie mit Schwob darüber scherzte, als er sie zu Madame Arman begleitete: »Willy bittet dich nur, ein paar Meter vor der Nummer zwölf aus dem Wagen auszusteigen, damit die Leute nicht sagen, wir ›zeigen unsere Liaison zu deutlich‹. [...] Wir werden uns dort gut amüsieren.«

In *Meine Lehrjahre* gibt sie sich große Mühe, ihre Treue zu erklären. Schuld daran sei Willys »außerordentliche Geschicklichkeit«, mit der er es verstünde, »männliche oder weibliche Freunde ihres Alters« von ihr fernzuhalten; schuld daran sei auch seine Tyrannei, die sie verführerisch fand; ihre eigene »angeborene Menschenscheu, die Sidos Kindern gemeinsam ist«; die Kindheit im Dorf, die das Entstehen intimer Bindungen verhindere; und schließlich ihre »jungenhafte« Art. Doch diese Entschuldigungen sollen uns von einer Wahrheit ablenken, die Colette in der Zeit, in der sie ihre Memoiren schrieb, gern vergaß: Sie war noch und blieb, trotz ihrer Entbehrungen und trotz Willys jahrelanger Grausamkeiten leidenschaftlich in den Entführer verliebt, »der mich besaß, [...] noch bevor ich eine Frau war«.

3

Die Theatralik der Salons ist nicht zu verstehen ohne ein Wissen um die Bedeutung des Theaters im Fin de Siècle im Allgemeinen. Die frühen 1890er Jahre waren die Blütezeit der von Männern wie Antoine, Paul Fort und Lugné-Poe geleiteten großen Kunsttheater, die das französische Publikum mit den avantgardistischen Stücken von Ibsen und Strindberg bekannt machte und auch mit den Werken von »gewagteren französischen Autoren von Courteline und Brieux bis Alfred Jarry«. Es sei erwähnt, dass Lugné-Poe später mit Willy die Bühnenfassung der *Claudines* erarbeitete, dass Oscar Wildes *Salomé*, die Theatersensation von 1893, in Frankreich mit Hilfe von Marcel Schwob und Pierre Louÿs zu Stande kam; dass Schwob der Erste war, der Jarrys *König Ubu* las, und dass Colette und Willy bei der tumultartigen und heute legendären Premiere unter den Zuschauern saßen. Er rief die randalierende Menge zur Ordnung, damit die Vorstellung weitergehen konnte, und sie brüllte »vor Freude so laut«, dass ihr Lachen aus dem heillosen Lärm herauszuhören war.

»Wer wirklich in der Literatur bekannt werden will, muss auf die Bühne«, schrieb Edmond de Goncourt 1892, »denn viele Leute kennen von der Literatur nicht mehr, als im Theater vorkommt.« Unter Theater verstand er populäres Theater, Boulevardtheater. Von drei Millionen Parisern ging eine halbe Million ein Mal wöchentlich ins Theater, und doppelt so viele, schreibt Eugen Weber, ein Mal im Monat: »Die Bühne […] lieferte der Gesellschaft ihren originären Gesprächsstoff.«

Niemand begriff den kommerziellen Zusammenhang zwischen Theater und Literatur besser als Willy. Und wenn wir uns seine Karriere unvoreingenommener ansehen, als Colette das konnte, dann erscheint er weniger als der gescheiterte Schriftsteller mit »neurotischer« (ihr Wort) Angst vor dem leeren Blatt, vielmehr als ein bemerkenswert erfolgreicher Impressario des Unterhaltungsgeschäfts. Er war zum Teil Agent, zum Teil Mogul, zum Teil einfach ein betriebsamer Mensch. Er entwickelte und beauftragte seine dienstbaren Geister, er schrieb Bühnenfassungen zu seinen Romanen und Romanfassungen zu seinen Dramen, er befehligte einen großen Stab kreativer Mitarbeiter und heimste ein, was deren kollektive Produkte einbrachten. Seine Werbewirksamkeit zielte ebenso auf den Unterhaltungskonsumenten ab wie auf den ernsthaften Leser, und sobald er sichergestellt hatte, dass der Konsument der Marke treu blieb, lieferte er ihm ein in seinen Bestandteilen – wenn auch nicht unbedingt in seiner Qualität – verlässliches Produkt.

Colette vermutet, dass ihr Mann Briefe schrieb – was er manisch tat –, um nicht Bücher schreiben zu müssen. Tatsächlich jedoch nutzte er seine Briefe so, wie heutzutage ein Produzent Telefon und Fax nutzt: um seine Geschäfte zu machen, um seine Projekte zu lancieren und, am wichtigsten, um seine Kontakte zu pflegen und zu »polieren«. Er schuf und arrangierte seine Berühmtheit auf moderne Weise. »Der ironische Willy«, schrieb Henry de Madaillon, »verstand als Erster, wie wichtig, allein schon finanziell, die hartnäckige Wiederholung eines Namens oder Titels war [...] oder die schamlose Vervielfältigung schlüpfriger Fotografien mit allen der Presse verfügbaren Mitteln. Er war der Erste, der die Vorliebe der Öffentlichkeit für suggestive Indiskretionen über das Leben der ›Stars‹, für saftige Anekdoten und anrüchige ›Liebesgeschichten‹ erriet und ausbeutete. Nur nutzte er all das wie ein Virtuose der Ironie, dem die unermessliche menschliche Torheit zu Gebote steht.«

Colette wuchs unter Schauspielern heran, Amateuren wie Profis, der erste war ihr Mann. Fast jeder und jede, an die sie sich in *Meine Lehrjahre* erinnert, hatte in irgendeiner Weise mit dem Theater zu tun. Otéro war ein Varieté-Star. Polaire begann im Varieté und wurde dann die führende Komödiendarstellerin des Boulevardtheaters.

Moreno war die größte klassische Schauspielerin ihrer Generation und, manchen Kritikern zufolge, des Jahrhunderts. Courteline machte sich als Satirikerin einen Namen, erst mit Antoine und seinem Kunsttheater, später mit der Comédie Française. Schwob war sowohl für Wilde als auch für Jarry außerordentlich wichtig, *Ubu Roi* war ihm gewidmet. Catulle Mendès war einer der einflussreichsten Dramenkritiker der Zeit. Jean Lorrain schrieb fürs Theater und hielt seine Laster und Anmaßungen für die Nachwelt fest. Selbst die arme, unglückliche Lotte Kinceler hatte ihre Sternstunde auf der Bühne, als sie von Polaire in Brieuxs *Les Hannetons* gespielt wurde. Colette verbrachte als junge Frau mehr Zeit in einer Bühnenloge oder einem Orchestersessel als im Arbeitszimmer. Sie schrieb später zu beachtlich vielen ihrer Romane eine Bühnenfassung, und ihre Prosa ist in weiten Teilen wie ein Theaterstück oder ein Film aufgebaut. Sie lernte die Kunst, sich selbst in Szene zu setzen, von Meistern auf diesem Gebiet. Als sie ihre eigene professionelle Theaterkarriere aufnahm – Theater spielte, fürs Theater schrieb und Theater rezensierte –, da war es ihr bereits in Fleisch und Blut übergegangen.

4

1895 nahm Willys Karriere eine neue Wendung: Prosa. Der erste seiner über fünfzig Romane hieß *Une Passade*. Wie alle nachfolgenden war er gerade unanständig genug – und seine Unanständigkeit gerade künstlerisch genug –, um jenen Langweilern und Prüden so anstößig vorzukommen, dass sie mit ihrer Empörung dem Roman zu Auszeichnung und Absatz verhalfen.

Une Passade war zudem typischerweise eine Gemeinschaftsarbeit mit einem anderen Schriftsteller, in diesem Fall mit Pierre Veber, einem der Trauzeugen bei Colettes Hochzeit. Veber schrieb den Text und Willy »korrigierte« ihn, das heißt, er lieferte bestimmte Elemente des Plots und fügte seine charakteristischen Wortspiele bei. Drei Jahre später verzichtete er auf seine Rechte an dem Buch; eine zweite Auflage firmierte unter Veber und Willy, eine dritte unter Willy (als Erstem), dann Veber.

Inzwischen hatten die beiden Männer einen heftigen Streit gehabt, über den Colette in *Meine Lehrjahre* berichtet. Veber war in die Rue Jacob gekommen, um die ihm zustehenden Tantiemen abzuholen, und Willy hatte sich geweigert zu zahlen. Veber schrie vom untersten Treppenabsatz aus: »Es gibt Richter, mein Herr, für Leute, die ihre Gläubiger ins Treppenhaus stoßen, statt ihre Schulden zu bezahlen!« Worauf Willy zurückschrie: »Meine Gläubiger sind Menschen, die ich respektiere und achte. [...] Aber ich verweigere diesen Titel einem kleinen Dreckskerl, der mir zwei Mal in der Woche unter dem Vorwand, ich schuldete ihm 32 Francs, auf die Bude rückt, während er in Wirklichkeit nur mein Dienstmädchen in den Hintern kneifen will!«

Die strittige Summe ist kaum höher als der Ton, in dem über sie gestritten wird. *Une Passade* ist ein Schlüsselroman, in dem Willys Alter Ego, Henry Maugis, in den Bann eines männermordenden literarischen Groupies namens Monna Dupont de Nyeweldt gerät. Sie ist eine Nymphomanin, die kein Korsett trägt und deren Hunger nach dem niedrigen Leben fast ebenso unersättlich ist wie ihre Lust auf Sex. Zu ihren Opfern gehören ein dekadenter Romancier, der Rémy de Gourmont nachgezeichnet ist, und ein Anarchist nach dem Vorbild von Félix Fénéon. Im Laufe seiner fünf Tage als ihr Sexsklave wird Maugis impotent – als Schriftsteller. Es gelingt ihm, zu seinem Freund Jim Smiley zu fliehen, der ihn ermutigt, mit seiner Beherrscherin zu brechen. Es überrascht kaum, dass die wirkliche Monna (Mina Schrader de Nysolt) »Pierre Veber erdrosseln wollte und Willy ›dreißig Seiten lange Briefe‹ schrieb«, bevor sie, wie Caradec uns erzählt, versuchte, einen Politiker zu ermorden, »der sie einsperren lassen wollte«.

Das außerordentlich populäre Thema des weiblichen Vampirs,

der es auf den männlichen Künstler abgesehen hat, behandelte Willy in den beiden Romanen, die den *Claudine*-Büchern vorausgingen: *Maîtresse d'esthètes* (1897) und *Un Vilain Monsieur!* (1898). Beide stammen von Willys Ghostwriter Jean de Tinan. Damals wurde Wildes *Salomé* (das Stück war in London verboten worden) in Paris inszeniert. Es ist fast sicher, dass Colette und Willy der Premiere beiwohnten.

Willys Romane und das Theaterstück von Wilde behandeln, wie Pichois sich ausdrückt, »ein altes Schreckgespenst, das sie mit Vigny, Balzac und Baudelaire gemeinsam haben, ein altes Schreckgespenst, das für Willy und für ... die Dekadenten, die dieser verachtete, nicht minder aktuell war«. Huysmans beschreibt die zeitgenössische *Femme fatale* als »die symbolische Gottheit der unzerstörbaren Wollust, die Göttin der unsterblichen Hysterie, die verruchte Schönheit, auserwählt unter allen anderen durch die Katalepsie, die ihr Fleisch starr und ihre Muskeln hart macht; das scheußliche, gleichgültige, unverantwortliche, gefühllose Tier, das gleich der antiken Helena alles vergiftet, was sie berührt, was sie sieht«.

Doch die gierige, kastrierende Frau in Willys Prosa ist immer zu holzschnittartig, um Furcht erregend zu sein. Viel überzeugender ist da die Brüderlichkeit zwischen den Männern, die sich ihren Körper teilen, und ihre geheime Furcht, ihre Potenz und vielleicht sogar ihre Heterosexualität sei in Gefahr. »Die Clubsphäre des Fin de Siècle«, schreibt Elaine Showalter (und die Welt von Willys Romanen ist nichts anderes als ein literarischer Männerclub), »existierte an der brüchigen Grenzlinie, die die männliche Bindung von der Homosexualität trennte und männlichen Frauenhass von anstößiger Homoerotik unterschied.«

Im Mai 1895, Marcel Proust hatte noch nicht begonnen, die geheime gemeinsame Basis von Sodom und der Clubsphäre zu ergründen, da schrieb er an Willy scheinbar einen Verehrerbrief. Wahrscheinlich reagierte er damit auf eine Sammlung von Rezensionen, die Willy, zusammen mit *Une Passade*, in diesem Jahr veröffentlicht hatte. Willy war zu beschäftigt, um zu antworten. Er überließ diese Aufgabe Colette: »Sie sind der Einzige, glaube ich (obwohl ich glaube, Fénéon hat dieselbe Feststellung gemacht), der so klar gesehen hat, dass für ihn das Wort nicht etwas repräsentiert, sondern eine lebendige Sache ist, dass es viel weniger mnemonisch auf etwas hinweist, als dass es etwas ins Bild überträgt. Ich drücke mich ein wenig undeutlich aus, aber ich weiß sehr gut, was ich sagen will, und ich fühle, dass Sie mich wunderbar verstehen, denn Sie wissen, Ihr Brief beweist das, dass mein Willy ein Original ist (obwohl er sich redlich Mühe gibt, das zu verbergen).«

Inzwischen schrieb Colette jedoch Bedeutenderes als bloß rührend prätentiöse Dankesbriefe für ihren Mann. Etwas früher in diesem Jahr hatte sie ihren Namen, Colette Gauthier-Villars, unter sechs knappe Musikkritiken gesetzt, die in Maurice Barrès' kurzlebiger Zeitschrift *La Cocarde* erschienen. Pichois vermutet, dass Willy die technischen und historischen Daten dafür geliefert hat, wie wahrscheinlich auch für ihren Brief an Proust, dass sie selbst jedoch für den Stil und die geäußerten Meinungen verantwortlich war. Zwanzig Jahre später widmete Barrès' Freund und Mitarbeiter, Charles Maurras, Colette einen Essayband »zur Erinnerung an *La Cocarde*«. Darin gibt er uns einen Eindruck von der literarischen Debütantin, die »eine Baskenmütze über dem Ohr, ihren Zopf an die Fersen schlagen ließ und so tat, als korrigiere sie die Druckfahnen ihres Mannes (und ihre eigenen!), während sie seinen wortreichen Ausführungen zuhörte«.

Inzwischen hatte Colette Willy auch den Beweis geliefert, dass sie ein ebenso gutes, natürliches Gehör für Prosa besaß wie für Musik und dass sie, wenn sie es versuchte, eine höchst überzeugende und unterhaltsame Erzählerin sein konnte. »Ich glaube, was Willy mir sagte«, schreibt Sylvain Bonmariage, »was mir auch später von Alfred Vallette und Rachilde bestätigt wurde: Die junge

Colette hatte eine ungewöhnlich lebhafte Fantasie. Als sie heiratete, fühlte sie sich weder berufen, noch besaß sie die nötigen Kenntnisse, um ein druckfähiges Manuskript zu verfassen. Stattdessen besaß sie neben ihrer Kaltschnäuzigkeit die Gabe, schlagfertig, witzig und geistreich zu sein. Man hörte ihr zu, und sie liebte es, wenn man ihr zuhörte. Sie hatte Willy und offenbar auch anderen (zum Beispiel Vallette) manche Episoden erzählt, die Willy sie aufzuschreiben bat.«

1907 erzählte sie einem Journalisten, sie selbst, nicht Willy, habe vorgeschlagen, ein Buch zu schreiben. Ihr Mann habe über ihre Anmaßung gelacht, daher habe sie sich »stillschweigend« an die Arbeit gemacht. Diese Behauptung wurde zu einem Zeitpunkt veröffentlicht, als das Paar erbittert um sein gemeinsames Eigentum, einschließlich der *Claudines*, stritt. Colette hat diese Behauptung nie wiederholt, vielleicht weil sie ihrer vehementen Leugnung einer literarischen Berufung widerspricht. Doch wäre es merkwürdig gewesen, wenn sie *nicht* daran gedacht hätte, ein Buch zu schreiben, denn gewöhnlich ist das der Traum, den Gattinnen von Schriftstellern hegen, jene unbezahlten Tipperinnen, Resonanzböden, Musen und Sklaven der Fahnenkorrektur. Dominique Aury schrieb die *Geschichte von O*, um Jean Paulhan zu blenden, Mary Shelley verfasste *Frankenstein* für einen Erzählwettstreit. In den gleichen – hier erotischen und literarischen – Wettstreit trat auch Colette, die sich ihr Leben lang von Rivalitäten erregen, motivieren, bannen, ja inspirieren ließ.

Die Chronologie, die sie für die Komposition ihres ersten Romans gibt, ist ebenso unzuverlässig wie ihre Äußerungen über seine Genese. Aber der gründliche Colette-Forscher Paul D'Hollander legt überzeugend dar, dass sie im Winter 1895/96 angefangen haben muss, sich über ihre Erinnerungen an die Dorfschule in Saint-Sauveur »Notizen zu machen«. Das sei das Zeugungsdatum der Claudine gewesen.

Die achtzehnjährige
Sidonie Landoy

Die Trauer steht ihr: Sido mit dreißig Jahren, 1865. Noch während ihres Trauerjahres für Jules Robineau heiratet die Witwe ihren Geliebten Jules Colette.

Ein weltfremder Träumer: Hauptmann Colette um 1896 im Garten von Châtillon

Minet-Chérie: die fünfjährige Colette, 1878

Die Familien Colette und Landoy 1880: Colette zu Füßen ihrer Eltern, Juliette links außen, Léo hinter ihr, der gut aussehende Achille stehend als Zweiter von rechts

Vor dem Ruin: Juliettes Hochzeit 1885. Colette, mit goldenem Haar, sitzt neben der Braut.

Sido mit fünfundvierzig Jahren. Ein Ausdruck im Gesicht ihrer Mutter entflammt in diesem Jahr bei der siebenjährigen Colette »das Licht für ihr Schreiben«.

Hauptmann Colette vor einer der leeren Seiten seines Phantomwerkes

»Das schwierigste Alter«: Colette mit dreizehn Jahren, entgegen dem äußeren Anschein ein Wildfang

Ein berühmtes Foto der fünfzehnjährigen Colette, mit Zöpfen wie »Zügel oder Peitschen«. Noch stand sie unter der schulischen Zucht von Olympe Terrain. Im nächsten Sommer sollte sie sich in Willy verlieben.

Die Colettes *en famille* in Châtillon 1893 – es ist das Hochzeitsjahr von Colette und Willy. Sie ist zwanzig, Léo (rechts) siebenundzwanzig und Achille (links) dreißig.

Colette 1893 auf einer Brücke in Châtillon

Ein seltenes Bild von Willy im Urlaub 1890. Er ist einunddreißig und macht Colette schon den Hof, während er in Paris mit Germaine Servat und ihrem gemeinsamen Sohn Jacques zusammenlebt.

Die frisch verheiratete Madame Willy mit ihrer Schwiegerfamilie, den Gauthier-Villars, in deren Sommerhaus. Willy (rechts stehend) ist seinem Vater (hinter Colette sitzend) wie aus dem Gesicht geschnitten.

Colette und Willy im Sommer 1894 auf Belle-Île. Sie erholt sich von ihrer schweren Krankheit.

Comme les garçons: Im Matrosenanzug tritt Colette im Winter 1894 in Madame Armans Salon auf und lässt ihren androgynen Charme spielen.

Willy, »der Vater der *Claudines*«, mit seinem charakteristischen Zylinder und den »Zwillingen« Polaire (links) und Colette, um 1903

Jahre der Abrechnung: Colette mit dreißig

Renée Vivian (stehend) als *Directoire Dandy* mit ihrer Geliebten, Natalie Barney, in einem Kostüm aus derselben Zeit

Als Faun: Colette und Willy auf einem Theaterfoto zu ihrem Debüt als Pantomime in *L'Amour, le Désir, la Chimère*, im Februar 1906

Colette in Männerkleidung um 1910: die Zigarette ist ein Requisit – sie rauchte kaum.

Körperkultur: Colette trainiert vor der Villa Belle-Plage in der Normandie an ihren transportablen Turngeräten, mit Missy als Beobachterin. Willy schrieb auf das Foto: »Verrenkung der Aristokratie«.

Colette und Missy (Mitte) flankiert von befreundeten Damen

Colettes großartiger Einzug bei einem Theaterfest 1908

Colette entblößt in *La Chair* ihre linke Brust. Die Erstaufführung war 1907, in den nächsten vier Jahren wurde das Stück mit Erfolg immer wieder aufgenommen.

Die vierunddreißigjährige Colette auf einem Theaterfoto für den sensationellen *Rêve d'Égypte*. Das Mumienkostüm erinnert stark an die Bilder der Salomé um die Jahrhundertwende.

Die große Katzenliebhaberin auf einem Pressefoto von Reutlinger, aus der Zeit, als sie *La Vagabonde* schrieb.

Die Mumie und der Forscher (Missy) wenige Sekunden vor dem Kuss, dem Höhepunkt in *Rêve d'Égypte*

Colette mit Missy (links ohne Kopf) und ihren Hunden in Le Crotoy

Colette, ihre Bulldogge Toby-Chien und Willys Mätresse Meg Villars (rechts) am Strand von Le Crotoy

Colette, April 1912, in ihrer Garderobe im Ba-Ta-Clan, wo sie in *La Chatte amoureuse* auftrat. Musidora war der Star in einem anderen Akt derselben Revue.

Missy und Colette, März 1910, in ihrer Wohnung in der Rue de Villejust

Ein seltenes Foto der jungen Marquise de Morny, (beinahe) als Frau gekleidet

Colette fliegt schon 1912 als Reporterin für *Le Matin* mit dem Caudron Airbus.

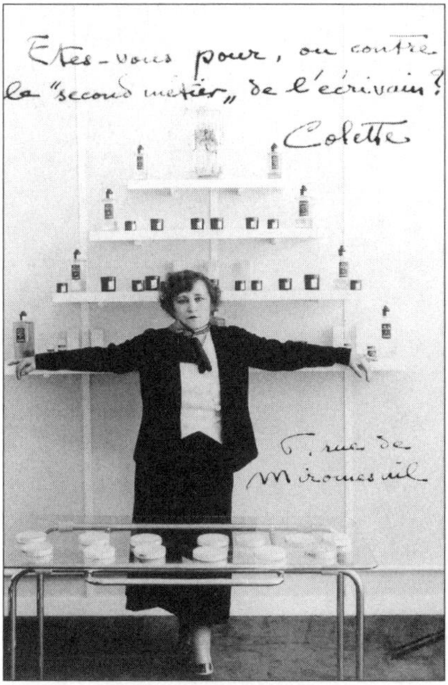

Eine elegante Colette posiert in ihrem ersten Schönheitssalon in der Rue de Miromesnil, 1932. Auf das Foto hat sie geschrieben: »Sind Sie für oder gegen den Nebenberuf der Schriftstellerin?«

Colette mit Audrey Hepburn, die am Broadway die Gigi spielte

Die große Colette und ihre Haushälterin Pauline in einer berühmten Aufnahme von Henri Cartier-Bresson